余生有你，人间值得

安乔 著

Anqiao Works

百花洲文艺出版社

图书在版编目（CIP）数据

余生有你，人间值得 / 安乔著. -- 南昌：百花洲文艺出版社，2019.5
ISBN 978-7-5500-3223-1

Ⅰ.①余… Ⅱ.①安… Ⅲ.①散文集—中国—当代 Ⅳ.①I267

中国版本图书馆CIP数据核字（2019）第059044号

余生有你，人间值得
安乔 著

责任编辑	郝玮刚　张兆磊
封面设计	飞扬设计
出版发行	百花洲文艺出版社
社　　址	南昌市红谷滩新区世贸路898号博能中心A座20楼
邮　　编	330038
经　　销	全国新华书店
印　　刷	三河市兴达印务有限公司
开　　本	880mm×1230mm　1/32
印　　张	9
字　　数	200千字
版　　次	2019年7月第1版第1次印刷
书　　号	ISBN 978-7-5500-3223-1
定　　价	48.00元

赣版权登字：05-2019-78

版权所有，侵权必究

邮购联系　　0791-86895108
网　　址　　http://www.bhzwy.com
图书若有印装错误，影响阅读，可向承印厂联系调换。
联系电话　　（010）56866302-103

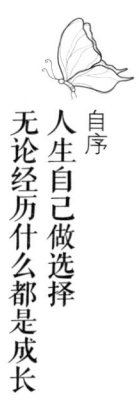

自序：人生自己做选择，无论经历什么都是成长

窗外阳光明媚，列车高速地穿梭在丘陵、平原间，蓝天白云下好一片旷野美景。

回忆起去年，朋友的话犹在耳边："总觉得今年是记事以来过得最艰难的一年。"

我开玩笑地宽慰她："没准儿到了明年，又会觉得更加艰难，细想起来便觉得今年其实还好。"

朋友佯装生气，作势要来打我。

说真的，身边好多其他人也都觉得去年确实挺坎坷的，特别磨人。

经常有读者给我留言，关于升学的焦虑，和恋人分手后的痛苦，大学毕业面临的迷茫，跟多年好友闹翻后的不甘心，还有工作上遇到瓶颈的自我怀疑……

他们问：乔乔，我该怎么办？

他们问：乔乔，你也会有迷茫焦虑不知如何是好的时候吗？

看着他们的倾诉与烦恼，想到木心先生的话"生命就是时时刻刻不知如何是好"。

去年年初的时候，家人突发重病，深夜送进急诊抢救室，推着病床辗转不同的诊室，拍片子，化验，等报告……医生拿着片子，问我们选择激进治疗，还是保守治疗，末了，他补充一句"激进治疗好得快，但有生命危险"。

我们无望地看着医生，透过他的眼镜，看到真诚，却看不到任何主观的建议。

他说："最后是你们来选择，我只能告诉你们每种选择的利弊。"

那一刻特别真实，这句话在写文章的时候，在给读者解惑的时候，我总反反复复地说，却从未想到有一天，会在生死关头，从别人口中听到这句劝诫。

就在我迟疑不决的时候，听到隔壁病床传来心惊肉跳的警报声，心电图上赫然是一条直线，紧接着是病人家属的大叫，护士的急救，医生闻讯赶来……好在不久之后心电图恢复上下波动。

我揪心地捏着被单，看着眼前的一切，不发一言。

那是我记事以来过得最孤独的春节，形单影只，全都在医院的重症室度过。一个礼拜后，家人才脱离了危险期，慢慢恢复。

平日里我是嘻哈迷糊惯了的人，也是第一次经历这样的变故，但那之后，生活又渐渐恢复往昔，并没有什么不同。生死般的重大抉择，也不过是人生中的一次涟漪而已。

可我知道，那次以后自己成长了许多，说不出来什么不一样，但你知道有什么地方蜕变了。

事情来了你挡不住，你也不能怕，怕也要硬着头皮去面对。

做选择的时候，不要只去想你要什么，多想想你最不能失去什么。

没有什么比健康更重要，工作不管多忙，也要多注意休息和规律饮食，不要等到住进医院才追悔莫及。

人生是自己的，命是自己的，好好生活。

读者小林说，毕业后谈了多年异地恋的两个人，在结婚要去哪个城市定居的问题上还是没谈拢，最后分手了。"都是独生子女，为什么一定就要我让步呢，这么多年了，我以为他终究会因为爱而让步的。"小林愤愤地说。

小林问，是不是成人爱情里就是衡量与算计，少了许多纯粹？

也不是的吧，其实换位思考，你等待对方让步，也许他也在等你让步，你觉得对方自私不体谅，也许他也这样认为。

另一个读者今年和异地多年的军人男友领证了，她说："我们认识快十年了，走过那么多坎坷，很多时候都以为走不下去了。"其中多少不易多少艰难，旁人是难以想象的。

后来才懂得，感情的不纯粹，多是因为你想要的，和对方肯给的不匹配。要么你找到一个肯给你一切的人，要么你少要一些，要么你想要的刚好是他肯给的。

但不管你做任何选择，都不要用自己的付出去期盼换回对方的感激，抑或情谊，一旦有了期盼，就难免变成更多的交换。愿你的选择只因自己开心和甘愿，这是我们从容爱一个人的底气，哪怕日后分开的一刻，你能对自己说，从前是我愿意的，以后是我不愿意的。

不单是爱情要从心选择，生活中很多时候也如此。

读者君君给我留言说："谢谢乔乔，陪我度过了人生中最艰难的时刻，我已经在大学校园里，是最好的朋友梦想中想读的这座大学，只是她不能了。"

我想说，你此刻的选择是发自真心要完成朋友心愿，也愿以后的人生，是自己真心想要的。

还有读者小可说："工作总是不如意，付出十分，却得不到十分的成果，真是让人气馁。生活怎么这么难呢？"

成年人的生活里没有"容易"二字，别为了得到十分的成果，就只付出十分的努力，许多时候我们往往要付出更多。

说到底，人生其实就是由许许多多的选择组成，当你坚定去做你想要做，喜欢做的事，你就会得到你想要的人生。

爱极了《往后余生》这首歌，歌词描述了最完美的爱情模样，其实我们都知道，在遇到那个对的人之前，我们能做的就是让自己越来越好，不为往事忧，不怕来时路。

此刻窗外夜已深，近处远处的灯光星星点点，像极了人生迷茫时，那一次次坚持真诚坦荡的自己，可能不伟大，却闪耀了我们的人生片刻。也像极了逆境中遇到的每一个善良温暖的人，哪怕只是微小的帮助，也照亮我们前行的路。

这本书中的很多故事都是读者的真实人生分享，感谢茫茫人海与你相遇，感谢我们彼此陪伴。感谢亲爱的家人一路的支持，感谢我的编辑，感谢每一个对这本书有过助力的人，最后感谢自己，人生自己做选择，无论经历什么都是成长。

愿不论何时，请继续做那个真诚善良磊落的自己。

安 乔
2019年4月

目　录
contents

第一篇　人生少一些纠结

别让你想要的人生只是想想而已　002

别人可以自嘲，但你千万别附和　008

职场上被人排挤该怎么办？　014

不想做的事和不想爱的人，趁早拒绝　019

情商高的人，最后都成了人生赢家　024

别去纠结那些你没做出的选择　030

高度自律，从你最想做的那件事开始　036

第二篇　世界太复杂，你说单纯很难

目　录
contents

世界太复杂，你说单纯很难　044

世事并不只有二选一　050

曾经我们那么亲密，如今只能隔空想起　054

喜欢的人做错了事，你还会喜欢他吗？　060

有些人，只是表面上看起来原谅你了　066

成年人哪里敢哭，都是笑着说出难过的　071

为什么好朋友之间更容易撕破脸？　076

我们曾那么相爱，却为什么不说真话　081

第三篇　感谢你做我平淡岁月里的星辰

目　录
contents

一个人也好，两个人也罢　086

感谢曾有你，做我平淡岁月里的星辰　092

不再拥有的东西，教会我们忘记　099

忍住100次找你的冲动，其实忍不住　104

对你说晚安，多期待又心酸　108

别叹气呀，会让好运溜走的　115

没有理由就是要开心　121

第四篇　和一个能让你心安的人在一起

目　录
contents

你是我的一见钟情，也是日久生情　128

找一个能让你心安的人谈恋爱　134

那个费尽心思逗你笑的人　138

谈恋爱还是要找个愿意主动服软的　143

明明是你先动心，最后却是我动了情　147

爱对了人，运气都变得好起来　153

第五篇　爱情里其实没有什么相欠

目　录
contents

不主动联系你的人，比你想象中更不爱你　160

爱情里其实没有什么相欠　164

谈恋爱时，你最爱问对方什么问题？　168

别太喜欢我，我会不喜欢你的　172

你不想恋爱的理由　178

为什么不能同时喜欢好几个人？　183

我们越来越不会好好谈恋爱了　189

不喜欢的就拒绝，不要暧昧　194

第六篇　我不想去猜你是否喜欢我

目　录
contents

那个喜欢你的人，怎么后来又不喜欢你了　200

我不想去猜你是否喜欢我　205

胆小鬼的我啊，做过一件蠢事情　210

喜欢就会放肆，但爱就是克制　215

他有女朋友，为什么还要来撩我？　221

谈恋爱到底要不要用"套路"？　227

没有自我的人，在爱情里没有位置　232

第七篇　离开以后才发现，不是非你不可　　目　录
contents

不恋爱死不了　238

不再回头看你，像从未经历这场伤心　244

离开以后才发现，不是非你不可　250

什么样的女生容易遇到"渣男"？　256

前任的东西不扔了，难道留着复合吗？　261

我热情有限，你抓紧时间　265

别自作多情，你忘不掉的人早就忘了你　269

想成为你一生的例外和期待

穿越人山人海,初心未改

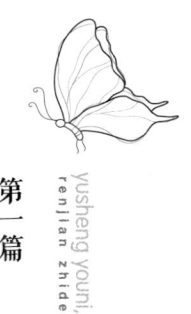

第一篇
人生少一些纠结

yusheng youji,
renjian zhide

- ◆ 别让你想要的人生只是想想而已
- ◆ 别人可以自嘲，但你千万别附和
- ◆ 职场上被人排挤该怎么办？
- ◆ 不想做的事和不想爱的人，趁早拒绝
- ◆ 情商高的人，最后都成了人生赢家
- ◆ 别去纠结那些你没做出的选择
- ◆ 高度自律，从你最想做的那件事开始

别让你想要的人生只是想想而已

> 那些我们想做又没做的事,大部分都是因为想得太多吧,听了太多"别人的建议"和"许多道理",那件要做的事,就完全没法做下去了。

1/

假期里,终于去牙医那里把牙给补了。

说出来很惭愧,听人说补牙很疼,要打麻药,要上电钻,会弄得一嘴血……听起来就觉得好疼。一年前牙医说"你这个牙洞该补了",也不敢去,拖了一年多,终于下定决心去补牙了。

其实也是"被下了好大的决心",因为吃东西时,无论冷热酸甜牙齿的神经会有反应了,感觉不能再拖了。

躺在躺椅上时,我忐忑地问慈祥的牙医诸如"会很痛吗?""要不要打麻药?""是不是会弄得一嘴血?"这样的问题。

牙医检查了一下我的情况,温和地说:"还好还没伤到神经,只差一点点了。不用打麻药呀,也不是很疼,实在忍受不了,那就打麻药好了……一嘴血?谁说的,哪有那么血腥?"

被牙医安抚了之后,顿时有了安全感。

不到半个小时就补好了,没有想象中那么疼,我还以为会痛得哭天喊地，涕泗横流。原来，就是埋线的时候，痛那么一下，真正补牙的时候一点也不痛。

补完牙，牙医写病历的时候，问我："这牙洞得有一段时间了吧？怎么没早点来？"

"嗯，一年多了，听小伙伴说补牙好疼，补完还有好多禁忌，万一发炎了还得重新补……所以一直不敢来，怕痛。"我害羞地如实回答。

"怎么样，不像想象中的那么疼吧，其实还好。"牙医抬起头看了我一眼，"你这牙再晚点来，伤了神经，再补就麻烦了，得先杀神经……"

回去的路上我在想：那些我们想做又没做的事，大部分都是因为想得太多吧，听了太多"别人的建议"和"许多道理"，那件要做的事，就完全没法做下去了。

你以为的深思熟虑，很多时候，不过就是吓唬自己。

2/

微信公号后台经常会有一些读者咨询关于"写作"的事：

"好羡慕你啊，那些想法，你总能用文字非常适合地描述出来，学生时期我也很喜欢写作，现在如果想写作，要提高写作水平，应该怎么做呢？"

"现在上班工作很忙的，你是怎么挤出时间做公号写文章的呢？

我觉得写作是非常需要静心和耐心的，没有完整的时间，怎么做到静心写作呢？"

"写作怎样才能让更多人看到呀，你平时写了一般都在哪里发布呢？会有很多人看么？如果没有人看，你会不会就没动力了？"

"写作到底能不能赚钱？如果我现在辞职写作，我能不能靠写作来养活自己呀？"

…………

有一天登录后台，看到一个读者连续发了好几条留言。逐条看过去，最后一一都做了如实回答：怎样提高写作水平呢？没有捷径，就是多看多写，大量地写；怎样挤时间呢？别人在玩的时候，你在写，别人在睡的时候，你在写，别人在上下班路上的时候，你在写，时间就出来了……

回答到后来我发现，其实所有的问题都不是问题，所有的问题最根本的问题就是：你要立刻去做，同时坚持下去，并且付出巨大的时间，一切才有成效。

后来，跟一个朋友聊到这个事，在聊到"写作到底能不能养活自己，要不要辞职专职写作"这个问题时，他哈哈大笑地分享了自己曾经的心路历程：

"以前我想写作，就是看到畅销榜上那些作家的稿费有几百万，我心想，这钱也太好赚了，不就是写几个字吗？汉字我们都认得，写几个字有什么难的？后来问了问身边其他朋友，才知道写网文的有多辛苦，靠稿费养活自己的人，少之又少，多少写文的人都是熬夜写，把身体都熬垮了……知道越多后，越不想写了；那么难，反正我做不到，我也不是真的想干这个事……"

朋友如此坦诚，倒让我重新认识了我们"想做一件事"的角度。

真正想做的那件事，从来都不会瞻前顾后想太多，也不会觉得有多难，只会一门心思、想方设法去做。不是真的想做的事，才会想东想西，想出一堆理由和借口，怎么都觉得比登天还难。

3

转而想到另一个小伙伴阿哲，他毕业后就回了老家，在爸妈的安排下，有一份稳定的机关工作，收入不多，但很清闲。

同学们平时聊天，在北上广的小伙伴吐槽工作压力大、房价高的时候，阿哲总是会说："可还是好羡慕你们啊，留在一线城市，做着自己喜欢的工作，上班虽然累点，但下了班就可以去看话剧、看演出，周末还可以去看各种展览，小长假还能来一趟说走就走的旅行，趁年轻和喜欢的人做一些浪漫美好的事……想想就觉得这样才是人生啊……"

要不然就是"闲得发慌，真的好想辞职，投奔北京的小伙伴去"。

以前还会有同学接他的话："来呀来呀，我们这里管吃住，你快来。"

但过了一会儿，又见他支吾道："诶，好心塞，我爸妈肯定不会同意，我要是把这工作辞了，他们非剥了我的皮不可；再说了我去北京能干什么呢，也没做过本专业的活儿，干什么都是新人，新人应该也没多少工资吧，我都养不活自己……"

之前他一直嚷嚷要去日本看樱花，假期前小伙伴们订机票，问他："一起来不来呀？"他半天回了个："啊啊啊，我假期要值班……"

大家都不知道说什么，瞬间尴尬。

不是说阿哲不对，他说的很多理由也不无道理，也有他自己的考虑。只不过我们以为他想做的那些事，是他真的迫切想做的事，非常想实现的心愿。但后来我们明白了，一件事如果只是停留在想想，那终究只是想想而已。

4

我们都有这样的时候：

想辞职，想自由；想减肥，想变美丽；想旅行，想去看海；想突然喝几杯，想对喜欢的人告白；想不顾一切去喜欢的城市，做自己喜欢的事；想不听父母的意见，坚持去爱真正想爱的人……想潇洒，想放肆，想抓着青春的尾巴，去过自己想要的人生。

可是想着想着，就突然发现，做什么都需要勇气，甚至要有孤注一掷的决心；做什么都需要毅力去坚持，甚至要吃一点苦，付出一点代价。可每当这时候，那些突然蹦出来的念头，就又会被自己摁回去。

"太难了,我做不到,我现在就要吃肉!""爸妈会反对诶!""一个人旅行好危险哦!""哪有那么多时间,真是忙死了!"……你想要过的人生,真的只是想想而已啊。

而另外一些人,他们一声不吭,就做出了让你大跌眼镜的事——辞掉稳定的工作,去学习做糕点;不顾父母的反对,偷户口本结婚;一声不吭就去国外旅游,在朋友圈晒出了碧海蓝天的旅行美照;三五个月不见,整个人跟变了似的,瘦了两圈……

去做想做的事,跳脱舒适区,让自己努力和上进,一开始可能真的有点难。可当你迈出了第一步,敢于去尝试了,发现也许并不如你想的那么难;即便遇到挫折,想放弃的时候也要逼着自己去努力。当你勇往直前的时候,往往会柳暗花明。

想做的事,只管去做,别想太多。

别人可以自嘲，但你千万别附和

> 成人世界里，请时刻携带情商和智商。别把尖酸刻薄当有趣，"毒舌"就是没教养的表现。

1／

过完假期回来上班，小伙伴们带着新年新面貌，穿着新衣服，换了新发型，脸上神采奕奕，兴奋地说着新年的趣事和糗事，还有那些好玩好吃的。

都说每逢佳节胖三斤，闺蜜兔子兴高采烈地聊着假期里吃到的家乡美味，末了，捏了捏自己的脸，娇嗔道："过年什么都好，就是长胖了，不开心！"

"没有啊，哪里有长胖，过年换了新发型，明明秒变美少女啊。"

"你脸都瘦了，过年要串亲戚，运动量大，你比之前还瘦了吧。"

"真正的美女永远都觉得自己胖啊，这是美女独有的自律。"

……

瞧瞧吧，这些抹了蜜的嘴巴，一个个把兔子说得心花怒放，一秒钟前的愧疚和自责，顷刻间烟消云散。也对，女人最懂女人的心理。

岂料，这时有一位男同事经过，听到兔子说过年长胖了，不明状况，便附和地说道："你的脸是圆了一点，但更有福气啊，过年回家天天大鱼大肉地吃，不长胖才怪呢……"

不等男同事说完，兔子气鼓鼓地说："要你管！"前一秒还心花怒放的兔子，一下子被男同事的话惹恼了。

男同事被"怼"得很尴尬，不知道自己说错了什么，大概他还在想："我完全是顺着你的意思说呀，为啥会生气？"

自嘲看上去是主动调侃，其实是掩饰内心的焦虑和不安，试图通过自嘲来降低期待，缓解情绪的焦虑，但从本质来看，他们并不是真的接受自嘲的现实。

很多年前我曾听过这样一段话："当我说我好像长胖了，你千万不要附和我的话，你一定要说'没有啊，你哪里胖了'；即便我说'真的真的，我吃胖了'，你也要坚持继续说'没有，你一点也不胖'。"

自嘲是一种降低期待的试探，它的目的是维护自尊，一旦别人真的质疑，自嘲者本以为已经维护好的自尊，顷刻间就会被瓦解。所以当别人自嘲的时候，你千万别附和，相反，你要给予足够的安慰，这才是自嘲者想要的保护色。

2

自嘲有时是一种自谦。关于这一点，我曾有过深刻的教训。

那时我刚毕业开始工作,没什么工作经验,也不懂得人情世故,更不会察言观色。

当时我参与了一套外版书的制作,那是一个重点项目,全程我也很认真努力,尽心尽力地把各个环节做到最好。后来那套书不负众望,拿了一个国际奖项。年中做总结,负责版权引进的同事提到这套书时,她本意应该是很感谢大家的群策群力,才把工作做得这么出色,赢得了国际认可。

但为了活跃气氛,她开玩笑地说:"当时评估拿这套书,我只是想着碰碰运气,没想到编辑部的同事们这么牛逼,把这本书做得这么好,还弄出这么大动静……"大家听了,哈哈直乐,同事还特别提到我:"尤其×××,我看她那段时间为了这套书,付出了很多,加班加点,还跑遍了北京的各大书店参考同类书……"

可我当时情商非常低,就真的以为,这套书是碰运气拿的选题,就真的以为,是自己的努力才给它做了那么大的加分,于是到我总结的时候,我便大言不惭地说:"虽然这套选题是碰运气拿的,无心插柳,但我们却付出了巨大的努力和心血来浇灌它……"

我现在还记得,坐在我对面的版权同事,脸色瞬间就不自然了,我旁边的同事一个劲儿地扯我衣服,大家脸上也是异样的表情。

后来我才知道,其实这套选题,是版权同事经过多方论证,并进行了详细的市场调查,才决定拿的,只不过在总结会上,这部分的辛劳她什么也没说，还开玩笑地调侃了一下。没想到却被我误解了。

现在想想，当时的自己真是蠢到家了，不了解事情的背景，就想当然地抹杀了别人的努力。

后来行走职场，我都时刻告诫自己：在别人自嘲的时候，随意附和的人，通常都是不了解实情，还急于表达自己的观点，这其实是浅薄的表现；另一方面也是情商不高，难免沦为别人的笑料。

那些经常自嘲的人，大多都是实力干将，自嘲是他们自谦的保护色，职场上过于锋芒毕露，未必是好事，所以那些能力优秀，实力超凡者，大多乐于"自黑"，不过分渲染个人能力，而是强调团队协作。如此，大家既认可了他的能力，又被他的高情商和良好修养所折服。

这才是双赢的局面。

3

爱自嘲的人，看上去在傻傻地调侃自己，逗乐别人，好像把自己拉低了一截，其实呢，善于自嘲的人，都是厉害角色，是真正的聪明人。

我的朋友大伟就是一个惯于自嘲的人，他看上去憨憨的，让别人觉得他"天然呆"，因为很胖的缘故，他经常嘲笑自己的身材，比如："哎，最近肚子又胖了哦，好像怀了几个月似的！""再这么胖下去，都快变成猪八戒了！"……每次都把大家逗得很开心，特别亲和，和他相处特别舒服。

我常想，这世上也许有一种人，他们天生就是组织者，不自觉地能够吸引大家来和他交朋友，大家很乐于听从他的指挥，从而有了团队和凝聚力。

大伟就是这样的人，所有的聚会，不论大小，永远都是大伟发起和组织，每次安排分工，都井井有条。全程你会看到，大伟能陪老人打麻将、唠家常；也能陪男人们打扑克、看球赛，聊一聊新近的体坛新闻；还能陪女人们进厨房，打打下手，聊一些家长里短，劝说夫妻不和……

他惯常的手法就是自嘲，调侃自己，活跃谈话气氛，有时也装傻卖萌，博得你哈哈一乐，他是我们的开心果，智囊团，是我们的小头目，玩的时候大家听他的，真遇到急事了，也都愿意找他帮忙出主意。

这样的人，其实一点都不像看上去的那么傻，他们能干，他们耳聪目明，他们消息灵通，他们是绝顶聪明的人。当他们自嘲的时候，你以为他们傻，那你才是真的傻。

自嘲已经演化成一种很好的社交技巧，让人放下戒备，打通交流的壁垒，获得别人的信任。

因此当别人自嘲的时候，不管是自黑，还是幽默，你都不要当真，更不要尖酸刻薄地去附和，否则就成了揭短，是双商低下的表现，既不幽默，也失了风度。

从别处看来的一句话，要牢记在心：刻薄嘴欠不是幽默；口无遮拦并非坦率；没有教养和随性是两回事；别人自嘲，你别去附和，不要把你的刻薄当成你的性情。

行走于成人世界，要时刻自带情商和智商。守住嘴，少说多看多听，方为良策。

你永远不知道，当别人自嘲的时候，他是真傻还是假傻，但你千万别做那个更傻的人。

职场上被人排挤该怎么办？

> 被人排挤，并不等于"被人否定"，请强大你的内心，把时间用在让自己变得更优秀上。

1

到新公司上班没几个月的小微，最近遇到了烦心事，遭遇了同事朵朵的排挤。

当初，二人差不多同时入职，都在销售部。两个小姑娘格外亲密，很快就成了好闺蜜，中午一起约饭，工作上一起解决难题。

都说职场险恶，小微却无比庆幸，能遇到朵朵这样的好伙伴。

然而，始料未及的是，昔日的好闺蜜，转瞬就成了有利益冲突的竞争对手。

原来，小微和朵朵共同负责一个片区，因为是同级，工作内容便没刻意划分。起初代理人是跟朵朵对接，小微辅助跟进，后来代理人因为跟朵朵沟通不畅，转而跟小微对接，最后和小微签下合同。由此，这笔订单算小微的绩效。

"从这以后，朵朵就对我疏远了，我听别的同事议论，朵朵认定是我抢了她的订单，平日里假装跟她亲近，背后捅她一刀……可我真的没有啊。"小微百口莫辩。

"客观来说,你确实有做得不对的地方。前期是朵朵主要在负责,她肯定为此付出了很多心血和精力,后来订单被你签走了,人家当然不乐意。"

"那我怎么办?朵朵现在非常讨厌我,看见我当没看见,还跟别的同事一起来议论我,排挤我。"

2/

小微被同事排挤,是因为她不懂职场规矩,犯了职场大忌:**工作是一个人负责到底,未经允许你不得越界去干涉别人的工作,甚至侵占别人的工作成果。**

小微解释说代理人因为跟朵朵沟通不畅,才转而来找她对接。也许代理人确实有他的理由,但朵朵并不知情。

正确的做法是,当代理人找到小微时,小微应该第一时间跟朵朵沟通,了解其中的情况,找出代理人与朵朵是什么环节沟通不畅,并从中协调。

朵朵有知情权,而不是被蒙蔽处理。

但事已至此,小微被朵朵排挤,她该怎么办呢?

找到被排挤的原因,并积极去沟通,有效解决。小微既然已经知道自己哪里做错了,就应该及早找到朵朵,态度恳切地向她解释一切,说清楚是代理人主动找到自己,而非自己有意半路抢夺她的劳动成果；同时也要表明，自己也已经意识到做得不对的地方；最后，找出解决问题的办法，如果朵朵愿意，这一订单的绩效算作二人共同的成果。

如果朵朵接受了小微的道歉和解决办法，那么二人便可冰释前嫌，和好如初。

但如果朵朵没有接受小微的道歉，依旧固执地认定，小微的事后道歉是一种伪善，认定小微一开始就是不怀好意和自己相处，然后伺机抢夺她的工作成果——也是，就算你诚心诚意地道歉了，别人未必就要接受你的道歉，二人没有达成和解，该怎么办？

那就接受被排挤的事实，从中吸取教训，在以后的工作中时刻提醒自己，不要再犯同样的错误，成熟地去面对职场上的沟通问题，有意识地去规避工作失误。

3∕

事实上，小微算幸运的，她至少知道自己被排挤的原因。

很多时候，我们行走职场，往往会遭遇到莫名其妙的排挤，而这时，你也不可能满世界去找别人一一来询问"你为什么排挤我？"。

这也就成了常被讨论的另一个话题："工作中，我好像不太合群，该怎么办？"

在回答这个问题前，你试着观察一下，公司里那些优秀的人，他们是如何对待工作，以及如何对待别人的评价的。

你会发现，真正优秀的职场中人，他们不太会花时间去在意别人的评价，而只专注于自己手头的工作。

因为他们深知，工作只需对两个人负责：一个是老板，一个是自己。工作认真，做出绩效，就对得起公司和老板；踏实肯干，提高自己的能力，于自己而言是成长和进步。

除此以外，与旁人无关。

因此，当你被人排挤的时候，你需要调整心态，做好自己该做的事，而不是整天自怨自艾，疑神疑鬼，也不要放低自尊，去故作合群的样子。

4/

小微还是很苦恼，"我只是一个职场新人，我渴望拥有一个融洽的职场氛围，想要和同事打成一片。现在被同事排挤，多少都会影响我的工作情绪啊……"

说的没错，那我们该如何正确看待"被人排挤这件事"呢？

其实会被人排挤，总结成一句话就是，要么是你水平低，要么是别人水平低。

如果是你水平低；亲爱的，请反思自己的工作能力是不是欠缺，反思自己的工作方式是不是不够严谨，反思自己是不是情商太低，说话得罪了人……总之，找出自己的不足和缺陷，然后尽力去弥补和改进。

如果你反思来反思去，都觉得不是自己的问题，那就是别人水平低。

人和人之间，总会有一些莫名的磁场，有的人就是互相吸引，有的人就是天生互相排斥。所以，如果有人就是看你不顺眼，不喜欢你，你也就不必苦苦追问"我该怎样做，才能让他喜欢我"？

更何况，职场上处处有竞争和资源争夺，看上去他们是你可爱的同事，其实细究起来，他们都是你的对手，甚至当利益发生冲突时，你们还会是暗自较量的敌我关系。如此，便不难理解，他们对你处处提防，甚至排挤。

以上并不是为了渲染职场的险恶，只是想告诉职场新人，职场上有人喜欢你、欣赏你，和有人讨厌你、排挤你，都是一样的，稀松平常。

当有人排挤你时，你不必太在意，不要如临大敌，更不要自乱阵脚。职场是一个开放的江湖，有人不喜欢你，自然也会有人喜欢你，不必去讨厌你的人那里自讨没趣，不如跟志同道合的人组成你的新圈子，互帮互助。

请记得，被人排挤并不等于"被人否定"，亲爱的你，请让你的内心变强大，把时间和精力用在让自己变得更优秀上，把那些糟糕的人和事抛诸脑后，无需理会。

当你把那些议论你、非议你的人远远甩在身后，你该庆幸，你已经足够厉害，跑得足够远了。

如果职场遭遇了排挤，不妨把这些逆境当作你前进的动力，加油吧！

不想做的事和不想爱的人，趁早拒绝

> 不喜欢就直接说出来吧，拒绝不伤人，拖拖拉拉的拒绝，模棱两可的拒绝，才最伤人。

1/

某天彤彤在微信上问我："乔，如果你遇到不想做的事，会怎么办？"

"果断拒绝啊。"

但转念一想，其实很多时候，拒绝是不那么容易说出口的。便想到最近发生的一件事。

周末我本来要去做身体SPA，可扭捏了许久，也不想出门，甚至觉得心里还有一份沉甸甸的愧疚。上礼拜，做SPA的按摩师一边给我做身体经络，一边给我介绍她们家新推出的一款背部按摩："这款背部按摩是专门针对肩颈的，对你们上班族特别有用。"

听按摩师一说，我还真有点心动，可我本来已经办了全身的经络按摩，便询问她："这个背部按摩跟全身的是不是有冲突啊？用的精油有什么不一样吗？"

随后按摩师跟我讲了一通，都是些行话，我听不太明白，便让她直接帮我按摩一次，体验一下。

体验完毕后，我觉得没什么特别不一样的地方，跟全身按摩的差别就在于，这个是集中上半身的，着重肩颈，全程大概一小时四十分钟。我心里是觉得没必要再办。

但架不住按摩师一个劲儿地介绍和推广，说现在办理还有优惠活动，于是我便不好意思拒绝了，只好打着哈哈说："嗯，那我考虑一下，要办的话也得下次了，我今天没带银行卡。"

说完这话，我就有点后悔了，这摆明是给了对方一个微妙的许诺：我下次带着银行卡来办。

果然，按摩师接着我的话茬："没关系没关系，你是老顾客啊，下次再来刷卡就是了，我要帮你登记上吗？"

话说到这个份儿上，我更不好意思当面拒绝了，只好说："那帮我先登记一个吧。"然后灰溜溜地告别了。

回去的路上，我就一个劲儿地埋怨自己，明明不是那么想做的事情，怎么就让自己走到现在这个处境呢？

其实一件事，你想不想做，自己在当时是非常清楚的，如果不想做，就要趁早果断拒绝，不然自己心里不痛快，事后你若要反悔，对方也会难以接受。

2／

快到周末，按摩师就在微信上很殷勤地提醒我，周末该过来做按摩了。

我能理解她的殷勤。

作为员工的她推销产品，必定跟她的业绩和绩效挂钩，而且持续的服务跟进，也有助于留住客户。

但我心理压力就很大，因为除了全身的按摩，我还办了脸部的护理，已经有两三个项目在做。一则从实用角度来说，这个背部项目确实有跟身体项目相重合的部分，我没必要再办；二则从经济角度来说，我没必要增加自己的负担……

逃避不是办法，我最后还是选择直接跟按摩师沟通："非常抱歉，我考虑了一下，决定还是不办那个背部按摩的项目了，我现在已经有好几个项目在做，每次来几乎都要做一个下午，时间太长，我决定等手头的项目做完一个，再考虑办新的。上周体验的那次，我可以单次付你费用，给你添麻烦了。"

过了好一会儿，才收到按摩师的回复，自然是有些失落的，但她还是保持了专业的服务态度："没关系，你是老顾客，就当我上次是免费赠送你的服务吧……"

拒绝完她之后，我整个人都松了一口气，感觉压在心口的那个石头被卸下来了。

然后我就在想，不想做的事情，就应该趁早拒绝，碍于人情你答应下来，这就是在自欺欺人，自作自受。

给了别人希望后，你若从心底里就不想做这件事，就会心生不甘，不情愿，甚至抱怨和憎恨，你不停在心里询问："当初为什么要答应呢，为什么不拒绝？"

其实你是有选择权的，没有人强迫你答应，即便有人强迫，你不想做的事情，一样要有胆量拒绝。别人在开口向你求助的时候，其实他心里本身就有两个预设的后果，被接受或被拒绝，你坦然做出你的选择即可，于他来说，都是正常的。

相反，事情如果答应了，事后再反悔，就会变成是你自己不守信用了，给了别人希望又叫人失望，这滋味是不好受的。

3∕

感情也是这样。彤彤前段时间相亲，是爸爸的朋友帮忙介绍的。

碍于爸爸的关系，她很不情愿地去见了，本来她心想，"相亲，不就是见面吃个饭而已嘛，给爸爸的朋友一个人情，毕竟人家也是好意，直接拒绝了多不好。"

然后就去了。

回来后，爸爸的朋友问她觉得那个人怎么样，彤彤觉得挺正常一个人，有房有车，理工男，至于性格什么的，才见一面不好说，但长相不是彤彤喜欢的，略胖了些。于是彤彤回说："人挺好的，但没什么特别大的感觉。"

岂料，那个男生一眼就喜欢上彤彤了，中间人把彤彤的话传达给对方，那个男生一听，觉得自己还挺好，便觉得有戏。

至于感觉嘛，都是多相处才可能有感觉。所以特别主动地约彤彤下班吃饭，周末看电影逛街。

于是便有了一开始彤彤问我的那句话："如果你遇到不想做的事，会怎么办？"

她是真的不想去赴约，于是找各种借口："最近特别忙，要加班""身体不舒服""同学结婚""同学孩子满月"……

实在推不开，去跟男生私底下吃了一次饭。那之后，男生来约得更勤了，彤彤说现在一看到他的微信，就恐慌。

其实不喜欢，不如直接拒绝，别给对方希望，别让对方觉得你是想努力在一起的，只不过有许多外在的阻拦。要知道，那个喜欢你的人，他恨不得帮你排除万难。

不喜欢就直接说出来吧，拒绝不伤人，拖拖拉拉的拒绝，模棱两可的拒绝，才最伤人。

不想做的事，和不想爱的人，愿你都有勇气，趁早拒绝。

情商高的人，最后都成了人生赢家

> 不要把情商低美化成率真、简单，你说你不屑于做一个情商高的人，不，你只是不会。

1/

曾听过一句话：情商高的人，懂得让人高兴和舒服；情商不高的人呢，自己不高兴了，还给别人添堵。

深以为然。

在现实生活中，情商的高低无时无刻不影响着我们的人际交往：一个情商高的人，会让人愿意听他说话，哪怕他说的话未必认真；而一个情商低的人，哪怕他在严肃地说一件真事儿，也很可能没有人愿意听他说。

小伙伴聚会的时候，阿呆对兔子说："诶，你少吃点，最近变胖了不少哦，再胖下去是会被杀掉的……"

兔子顿时脸红，生气地说："谁胖了谁胖了，你全家才胖了呢。"

阿呆有点懵，替自己辩解："我这是为你好啊。"

也许阿呆那番话本没有嘲笑的意思，他不过是要提醒兔子，你要少吃一点，不然就不美了。

可他的话让人根本没法听。

不分场合地乱开玩笑，当着大家的面口无遮拦地戳别人的痛处，初衷再好，也没人会领情。

情商高的小美马上拉着兔子去洗樱桃化解尴尬。"我们小仙女都是吃水果的好嘛。"小美说，"哪里变胖了嘛，只是变萌了一点嘛，说明咱妈做的饭菜超级好吃，妈妈的爱是不能辜负的，不过吃多了大鱼大肉，咱们吃点水果换个口味。"

听听，多会说话！把变胖了说成"只是变萌了一点嘛"！顺带还把兔子的妈妈也夸了一遍。

无论是工作还是生活，人际交往中的沟通，首先要让听的人觉得舒服，别人才会听我们说话，也才会听得进去我们说的话。

难怪小美人缘那么好，懂得赞美他人，善于营造愉快的聊天气氛，情商高的人都是社交高手。

2/

小美真是我见过的情商最高、最会沟通的人。在遇到棘手的事情和难缠的客户时，我们的第一反应都是向她求助。

有一次，一批商品在包装上出现了点瑕疵，客户收到货后，大发雷霆。直接打电话来问责，同事接到电话后，语气温和地向客户解释：这些瑕疵是出于什么客观原因导致的，以及客观原因是如何无法避免的……

我们都能听得出来，同事想说的是：这事是别的环节产生的问题，跟我一点关系都没有，但我可以帮你转达到有关部门……

也许这事确实跟同事没关系，但客户不管。

客户听完同事的话，更加夿毛了："什么叫客观原因？什么叫不可避免？你意思是说我收到瑕疵产品就要自认倒霉，就是活该对吗？我来询问情况，合着是在无理取闹跟你吵架？太不负责任了，我要取消接下来所有的订单！"

同事这下傻眼了。

最后还是小美出手，及时挽救了局面。

我们向小美讨教，她说："**与人沟通，要学会换位思考，立场影响态度，态度影响表达，从而扭转结果。**

"如果你收到有问题的产品，你也一样会夿毛，所以第一时间要认错，要道歉。比方说'非常抱歉，由于流程上的客观原因导致的失误，给您带来不好的消费体验，我马上向有关部门如实反馈情况，请他们找出问题的原因，并找到解决的办法'，让对方感受到被尊重，他反馈的问题我们会重视，并且会积极解决，如此，他心里才像吃了一颗定心丸，他信任你，然后你说的所有话，他才会听得进去，否则，他对你就会持抵抗态度。"

的确，情商高的人看问题是看全面，而情商低的人只关注眼前；情商高的人，是站在对方角度考虑问题，而情商低的人先考虑自己；情商高的人善于冷静分析，不带着情绪解决问题，而情商低的人则会被情绪影响，被对方的负面情绪牵着走……

情商高的人沟通时，善于倾听，能站在对方的角度看问题，不以自我为中心。对方有负面情绪时，先安抚对方情绪，再理性地思考解决的办法，而不是逃避和推卸责任。

情商高的人，让人安心，让人觉得有担当，他们都是危机公关小能手。

3

情商高的人，不仅能游刃有余地处理好工作上的问题，在生活和感情中也一样能拿捏好分寸，他们有很好的人缘，生活中也更幸福快乐。

小美有个非常优秀的男朋友，两个人非常恩爱。一个女人最幸福的事，莫过于，你认为是自己主动把对方追到手的，但对方却始终觉得，是被你的魅力所吸引，而主动追求你的。

这绝对是对一个女人的魅力最高级的褒奖。小美的爱情就是这样。

起初其实是小美先喜欢男朋友的，但她没有明面上"说出来"，却体现在所有的行动上，她主动找他帮忙，借故跟他多接触，在每次两人单独相处时，都展现出自己的一个优点。没过多久，男生就主动来追小美了。

小美教会我们：谈恋爱不在于说，而在于行动表达，做"吸引力法则"。

不让别人看出你的企图心，但又要竭尽全力去努力，情商高的人嘴上不说，是为了行动上更积极。

那生活中，难道高情商的人都不跟人吵架吗？也不是，他们只是善于化解冲突。小美说："当你和你在乎的人相处时，心就要放大，不要去纠结一个结果的好坏。世上大多数问题都有解决的办法，对你在乎的人，没有那么多逻辑和道理，开心是最好的办法。"

他们对爱的人，多一份耐心与尊重，他们是最贴心的朋友，最好的家人。

4/

情商高的人说话得体，善于周旋、人缘好，由此，很多人对他们有一种误解，认为他们是在说场面话，八面玲珑，说白了就是虚伪，曲意逢迎，用自己的不开心去讨别人开心，甚至有人说："这样虚伪的高情商，倒不如做一个直率、真实的低情商的人，有什么说什么，活得潇洒自在些。"

并非如此。情商低的人，就是明明可以好好说话，却非要用最令人讨厌的方式表达。不要把情商低美化成率真、简单，你说自己不屑于做一个情商高的人,不,你只是不会。

情商低的人才会打着各种幌子,遮掩自己的虚荣和焦虑,他们越想在言语上胜过别人,讨好别人,别人越不想听他们说话。

大家喜欢情商高的人,愿意听他们说话,不是因为他们会讨好,而是他们懂得尊重别人,并且内心常怀善意。

也许有人会问,情商高不是一日之功,如果情商不高,是不是在人际交往中就寸步难行?

并不是。**人际交往中最核心的原则是真诚,情商高则是在真诚中倾注了善意与温柔,以及修养。**

如果你不知道该怎样好好说话,不知道该有怎样的态度,那就回归到真诚。

那些曲意奉承,把功利和企图写在脸上,让人一眼就看穿他的虚伪的人,不过是自以为高情商的低情商。任何时候都不要模仿他们。

去向情商高的人学习真诚,愿你温柔地对待他人,并被世界温柔以待。

别去纠结那些你没做出的选择

> 所有你选择的，都是你此刻认为最好的选择，
> 你放弃的另一种选择，是你深思熟虑后淘汰的。

1/

生活中我们常会听到这样的懊悔：

"如果当初好好准备考研，也许现在找工作就不会处处碰壁，受学历的限制。"

"如果当初不是犹豫，错失了出国的机会，现在我应该在大西洋彼岸，漫步在高等学府里。"

"如果当初选择了他，而不是现在的男朋友，也许会更幸福一些吧，不像现在连吵架的力气都没有。"

…………

会这样想的人，多半是当下过得不那么顺利，所以才后悔当初怎么就脑子进了水，做出现在这般的选择。

那些没有做的选择，被我们暗暗惦记，美化成"另一种梦寐以求的人生"。

有人说："最大的痛苦，不是失败，而是我本可以。"我们后悔、不甘心，我们认定自己当初未见得是能力不足，却因种种缘由，

错失了最好的机遇，才使得我们如今过得潦倒不如意。

小伙伴逍遥就是这样坚定认为的。

逍遥其实一点也不逍遥，不久前他又失业了，找工作很不顺利，颇有些心灰意冷。

记忆中，他好像总是在抱怨；要么抱怨公司工资低，缺乏人文关怀，老板是傻子不懂装懂；要么抱怨面试时用人单位的岗位要求苛刻，要研究生，还要英语六级以上，精通听说读写……

末了，他总会像祥林嫂一般反复说出那段话："这不是我想要的人生，我这辈子最后悔的事有两件，第一，当初没有好好准备考研；第二，没有在最恰当的时机回老家进国企。"

在他看来，如果当初埋头苦读，考上研究生，现在找工作的时候选择面就会更大；如果当初听父亲的话，不因为准备二次考研耽误时机，而是一毕业就参加公务员考试，也许现在早就进了国企，端上了铁饭碗。又何须像如今这般，没有像样的稳定工作。

2/

我不知该如何安慰逍遥，也许我们这些朋友的只言片语根本给不了他安慰。

因为他在逃避，他认定当初是自己做出了错误的选择，才种下这般苦果。

而我却不这样认为。

人类趋利避害的本能，会让我们此时此刻做出客观上最优的选择。 也就是说，我们一点也不傻，也不需要别人强迫，所有你选择的，都是你那一刻认为最好的选择，而被你放弃的另一种选择，是经由你深思熟虑而淘汰的。

逍遥曾说过，他当初没有好好准备考研，因为跟女朋友纠结到底是读研还是出国。很显然，他本人更倾向于出国，也做了许多准备，可女朋友最后放弃出国，他也因为没有好好备考，没考上研究生。

次年，他准备第二次考研。意外的是，父亲说老家的某个政府职位空缺，要他考公务员。他又面临两难的抉择，这一次他坚持考研，因为他觉得还是留在大城市里比较有发展前景，但结果，他还是没考上，也错失了那个千载难逢的政府职位。

两次面临抉择，逍遥心里其实都做出了自己认为对的选择，只不过结果不尽如人意。

主观上我们很难接受，这个结果是因为自己能力不行，所以自我安慰，便怪罪是自己当初没有做好选择。

就正如，第二年逍遥备考了呀，也还是没考上。他便又给自己找理由，是当时犹豫要不要考公务员分心了……

人们有一个误区，认为自己现在过得不好，是因为当初没做出另一种选择，但事实上呢，即便当初做了另一种选择，也不一定就意味着，我们能过上想要的生活。我们永远只看到当下自己所承受的苦楚，却不曾想过，如果选择了另一种生活，也一样要面对许多苦难和考验。

这便是"生活在别处"的永恒矛盾。

逃避的人们啊，快醒醒吧，已经发生的事就是注定会发生的，没有发生的事就是注定不会发生，别再沉迷于美梦里，别再逃避，当你在失意在抱怨的时候，你又错过了另一些更好的机会。不如从此刻起，努力去做出改变，别再怨天尤人，拿出你的真本事，去过你真正想要的人生。

3/

小象的情况则比逍遥更严重一些。

小象去年结婚了，老公是当时经别人介绍的相亲对象。结婚后的小象并不快乐，她跟我们说，她不止一次想到过离婚。

"现在好后悔，去年跟前任分手，如果不是那么任性地去相亲，也许过一段时间，双方冷静下来，他回过头来找我，我们就复合了。我现在也不会是别人的妻子，却日日还在想念他。"

听来颇有些唏嘘。

我们都还记得，去年那会儿他们吵得非常激烈，小象很受伤，觉得前任一点也不上进，从来没有想过未来，甚至没有规划过他们何时结婚，她心灰意冷。就在那个当口，邻居阿姨给她介绍了一个对象，有稳定的工作，人也稳重踏实，是合适过日子的人。

小象忍不住拿这两个人对比，觉得他优胜前任几百倍。

见过几次面后，小象便跟他确定了关系。

其实，刚分手的时候，前任似乎有一些悔意，还回过头来找过小象，说自己一定会改，还想和她在一起。但那时的小象正在跟相亲对象交往。

后来，小象跟相亲对象互相见了家长。不多久他们就订婚了，然后顺理成章地领了证。

可是结了婚之后，问题渐渐暴露出来了，老公是有稳定的工作，可也一样懒散，性格还特别执拗倔强，生活中也有很多观念不同，两个人老是吵架。

尤其是在要孩子这件事上，小象觉得自己还年轻，不想这么早要孩子。可老公和婆婆却想早点要孩子，人生大事早点定。小象这才渐渐觉得，也许自己心底里并不爱老公，他也不是真的爱自己，他们只是过日子。

没有爱的婚姻，过上几十年，想想就头皮发麻地可怕。

这时她才懊悔起来，也许当初分手时，她应该更冷静一点，跟前任复合未尝不是更好的选择，也许他真的会改呢，变得上进起来，自己为什么当初没有给他机会呢？

事实真的如此吗？未必。

听小伙伴说，小象的前任回了老家，有了新女朋友，但也依旧过得不如意。

很多时候，你以为自己没选的那条路，就一定美好吗？真的不见得。另一种选择未必就好，只不过你没有身临其境，便把它想象得很好。

4/

其实我想说，大多数的我们，对现在的生活都不太满意，可是这样的不满意，也许并不是当初没有做出好的选择而导致的。

坦白讲，已经做出的选择，和没有做出的选择，不能仅仅以好坏、对错来看。生活如此复杂，你怎么能寄希望于有那么一种生活，只要做对了选择，就能一劳永逸、高枕无忧呢？

大多数的选择其实都如小象那样，她陷入的是两个都不想要的境地，而这时问题绝不仅仅是非A即B，我们要做的是让自己变得更好，远离A和B，给自己找出第三种选择。

别因为昨天的一场大雨，错过今日的晴天。

所以啊，别再纠结那些没发生的事吧，也要坦然面对所有已经发生的，不管好与坏，不管是否如你所期待。

如果眼前的生活不是你想要的，现在就去做出改变，真正有能力的人，不会陷在过去里自怨自艾，他们会让自己有更多的选择权。

高度自律,从你最想做的那件事开始

> 所有缺乏自律的生活的背后,都隐藏着巨大的痛苦和不安。自律让我们更自由,活得更高级。

1/

有读者在后台留言:

"每天都很忙碌,时间好像根本不够用,好像还没做什么,一天就过去了。本来打算熬夜看书,最后变成熬夜看剧,玩游戏。要看的书,一本也没看,想去学的新爱好,一样也没学,每天都在浑浑噩噩中度过,我不想再这样虚度时光了,我该怎么做出改变?"

字里行间能分明地感受到这个读者的焦虑。

看上去她焦虑的是时间不够用,**其实真正让她焦虑的是:生活失控了,所有事情都陷入无序的混乱中**。严重缺乏自律,连自己都无法主宰的人,谈什么掌控人生?

那么问题来了,想要拥有高度自律,该怎么做?

我曾经以为,从身边的点滴小事开始学习自律,积少成多,养成习惯后便能逐渐带来巨大的改变。经过我自己的切身体会和显著成效的改变,我发现,真正能让你做出改变的关键是你的信念,而你最想做的那件事情,能给你最坚定的信念。

2/

三个月前，在小伙伴的安利下，我开始玩一个网游《阴阳师》。

在这之前，小伙伴已经安利我多次，但我始终没有玩，因为我知道养成类的游戏会耗费大量的时间，你要升级，你要打好的御魂装备，你要做每天的任务……所有这一切都要花费时间。

但最后我决定玩这个游戏，一方面是因为《阴阳师》已经成了一种社交话题，是拉近人际关系的绝好方式；另一方面是我决定拿自己做实验，来体验如何从失控到重获自律的心理过程。

现在回顾来看，这个实验很有趣。其实一度我也陷入了失控的恐慌、缺乏自律的生活，极度没有安全感。

3/

我是一个做什么事情都很认真的人。下载游戏的第一天，是周六，我玩到凌晨3点，慢慢熟悉大部分的游戏规则。周末两天，我就把自己刷到了二十多级。要不是游戏里有体力限制，我会升级得更快，这也意味着，我会睡得更晚，耗费更多时间在这个游戏上。

当时比我早玩两个月的小伙伴，差不多都三四十级。而一个星期后，我就三十多级了，对于一个上班族，这个速度算得上是惊人的了，小伙伴都咋舌地问："你每天都不睡觉，熬夜刷游戏吧？"

仅仅一个礼拜，我的生活就发生了巨大的变化。以前，每天上下班两个小时的路程，我会用来看看电子书，构思公众号要写的文章；

每天中午我会在公司附近散散步，然后午休一会儿；每天晚上我都要在电脑前，把白天写好的大纲继续完善，并写成完整的文章……现在所有这些时间，我都用来玩游戏，还不止，吃饭的时候也要带着手机，开着自动模式，刷一下副本，做任务，打御魂。

一个礼拜以来我严重缺觉，每天晚上几乎都是两三点才睡。第二天醒来，第一件事就是点开游戏界面，但四处逛逛，半个小时就过去了。因为玩游戏，我错过了班车差点迟到，我一边走路一边看手机，经常撞到人，吃饭的时候小伙伴跟我聊天，我只能"嗯啊"附和，其实什么都没听进去。

小伙伴说："乔乔，你玩游戏走火入魔了啊。"

在不影响正常生活和工作的前提下，我几乎所有时间都用来玩游戏了。

4

一个月后，我开始感受到生活的失控。周末不跟朋友出去玩，宅在家刷游戏；以前公众号还能一周三更，玩游戏后经常断更；频繁熬夜以致视力变得模糊，睡眠不足所以气色也不好；跟身边的人聊天，三句有两句不离游戏……

怎样让人对一件事失去兴趣？起初我以为是极大地满足，过分地尽兴，所以我以为放纵自己玩游戏后，就会对这个游戏厌倦。

而事实是，即便你对这个游戏不再有那么大的热情，但你依然会浪费很多时间。这就像刷剧、刷微博，你明明知道，偶像剧不过就是一些脑残的剧情，微博上不过就是一些无聊的八卦和鸡汤，但刷着刷着，时间就过去了。

你没有很热爱这件事，可它却吞噬了你宝贵的时间，缺乏自律，会让你不由自主地陷入空虚中，从而虚度光阴。

玩游戏的第二个月我开始从小事着手，试图让自己重新自律起来。

比如，出门的时候，我不带充电宝，玩游戏很耗电，没有充电宝我就不敢肆意地在上下班路上玩游戏了，我会在刷十分钟的游戏之后，乖乖地拿出电子书来看，拿出记事本构思要写的文章主题。

比如，晚上十点钟之后，我会把手机关机，强迫自己坐到书桌前，看书、练字、背英语。

比如，中午出去吃饭的时候，我会刻意不带手机，这样我就不会在吃饭的时候玩游戏，而是像往常一样，和小伙伴闲谈。

…………

我以为有意地通过各种限制，逐渐减少玩游戏的频率，就会让我慢慢地失去玩游戏的热情。

可我又想错了。

一到周末，那种玩游戏的热情就会爆发式地反弹，因为之前被刻意遏制，一旦限制不存在，所有的约束也就不存在了。

因此约束与限制，并不能达到真正的自律。

5/

真正的改变是从一件事开始的。

偶然地,我在网上看到一部精彩的英语原著小说。为了能够流畅地读懂这部小说,我决定每天花2个小时来学习英语,我兴致勃勃地下载各种英语APP,接下来的五六天,我都沉浸在这种高昂的斗志中,学习英语成了我的第一要务。

当你的精力集中在你最喜欢的事情上时,其他事情就要为这个事情让步。就像之前痴迷玩游戏,所有其他的安排就都要靠边;当我找到更感兴趣的事情时,那么游戏就要靠边站。

在自律还没有完全形成之前,我们的规划经常会被突如其来的厌倦和焦虑打破。第七天开始,我也陷入了这样的情境,背单词的积极性越来越弱,从早上醒来就开始兴冲冲地背单词,到拖延到晚上十一点多,才囫囵吞枣地学习一下。

怎么办?

当自己的能力有限时,可以学着向外力寻求帮忙。我找了一个学霸,他每天都背三百多个德语单词,我们俩互相监督学习情况。和一个非常自律的人一起学习,他的自律会影响你,从而帮助你坚定意志,把所有的兴趣和热情集中在你想要做的事情上。

6

当自律开始慢慢形成，我能明显感受到那种对生活的掌控力又逐渐回归了。

对玩游戏不再痴迷，想玩的时候，会告诉自己，就玩半小时，时间一到，就退出游戏。然后自然而然地打开电子书，像以前一样，看书，学习新知识，或者构思要写的文章，一切都如以往一样。晚上写完文章，看完书，睡前才容许自己刷一会儿游戏。

当玩游戏在生活中扮演一个消遣的角色，才算做到劳逸结合。

这个经历让我在心理上有了很深刻的体会，我比以前更懂得自律的意义：**并不是你放纵自己想做什么就做什么才叫自由，恰恰相反，当你先把最想做、最该做的事情做完，剩下的时间才是真正的自由。**

所有缺乏自律的生活背后，都隐藏着巨大的痛苦和不安。放任自己的本能和欲求，是一种低级的被欲望掌控的生活；而自律是一种自我主宰，井然有序地安排一切，是更积极、更有效、更高级的生活。

高度自律给人一种充实感，它让我们觉得每一天都没有虚度，时间使用在哪里我们都了然于心，因为那些时间使用之后的成效是可见的，比如阅读过的书籍，瘦下来的体型，练得越来越好的字，越来越高的工作效率……

如果你还在漫无目的地刷剧，刷微博，百无聊赖地网聊，机械地刷着游戏，你问我："该怎样改变这一切？"去找一件你最想做的事情,现在立刻马上,去做。

愿我们的人生是处在"我有权利选择"的状态里,而不是服从于惰性和拖延,毕竟生而为人,是要过自己主宰的人生。

第二篇
yusheng youni,
renjian zhide

世界太复杂，你说单纯很难

◆ 世界太复杂，你说单纯很难
◆ 世事并不只有二选一
◆ 曾经我们那么亲密，如今只能隔空想起
◆ 喜欢的人做错了事，你还会喜欢他吗？
◆ 有些人，只是表面上看起来原谅你了
◆ 成年人哪里敢哭，都是笑着说出难过的
◆ 为什么好朋友之间更容易撕破脸？
◆ 我们曾那么相爱，却为什么不说真话

世界太复杂，你说单纯很难

> 成人的世界里，你需要有一颗钢铁般坚强的心。可我们都知道，有多少的坚强，不过是逞强；有多少的微笑，不过是强颜欢笑。

1 /

平常生活里难免会有不顺心的时候。

最近常常陷入不知如何是好的状态，但又总会拿出"屠龙少女"的那股子豪气，对自己说"去找你的龙，边寻找边流浪，也好"。

将这句话发朋友圈后，底下很多人点赞，评论也都是些有的没的。他们并不知道，打出这些字之前，我刚哭过一场。

是委屈，是遗憾，是无能为力，步入职场，慢慢褪去新人的稚气，很多时候你会发现，光有努力，可能还是不够的，你还需要有一些运气，才会事半功倍，否则，很有可能前功尽弃。

连续两三个项目，都是自己非常喜欢的合作方，可倾尽全力，最后离成功总是差在那么一点点非人力可控的因素上，我万分沮丧，我不想承认是自己还不够努力，因为我已经尽了最大努力，可是，依旧没做成。

排山倒海的挫败感一涌而上，然后就哭了。眼泪是可耻的，我偷偷跑到厕所去，哭了两分钟。然后擦干眼泪，深吸一口气，像什么都没发生过，回到工位。

怀着纷杂的心情，发了那条朋友圈。现在想来依旧有些心酸，无人知晓你刚刚的悲伤，末了，你还要自己给自己鼓劲加油。

2／

在成人的世界里，你需要有一颗钢铁般坚强的心。可我们都知道，有多少坚强，不过是逞强；有多少微笑，不过是强颜欢笑。

好在这些年，一个人走过无数的孤寂时光，渐渐练就了讨好自己、宽慰自己的能力，心理学上称之为自愈力，被我自嘲为"一股子傻劲儿"。

是的，我有一股子傻劲儿，遇到开心的事儿，就哈哈直乐；遇到不开心的事儿，便大哭一场，没什么大不了的，天塌下来之前，让我先哭一场，这不是罪。

遇到困难，拼尽全力去解决，仍然解决不了，那就安慰自己，命中注定如此，不必过于执着。

比较随遇而安吧，遇到实在难以纾解的苦闷，就抄一抄《心经》，很快就心静了，再不然，玩几把游戏，看几个治愈的动画片……也就没有什么烦忧了。

所以我身边的朋友曾经说过："乔乔像个开心果，属于那种最不会得抑郁症的人吧。"

当时听到这句话,我又是嘻嘻哈哈笑过去。

他们不知道,我曾经有过一段无比暗黑的时光,因为太懦弱了,我至今从未对任何人提起过。我看不起那时的自己,可我知道,当时自己真的真的尽力了,如果能够穿越时光,我多想抱抱那个懦弱的自己。

3/

那是刚毕业不久。

家里人让我回老家,妈妈笑盈盈地说:"你何必那么辛苦,早早回来,妈妈给你介绍对象,管他是有社会地位,还是家境殷实的,都能满足你……"

可我没回去,我知道一旦回去,将会过上什么样的生活:相亲、结婚、生子,然后过着上午做美容美甲,下午打麻将逛街的悠闲日子,这样的生活对有些人来说,可能是无比清闲优渥的,可对我来说,如此空洞地活着,无异于等死。我二十出头就死了。

除了家人,当时喜欢的人也让我回家。他说:"你回来呀,你回来我们就结婚,我爸妈可以给你安排工作……"

然而,就我大学所学的专业来说,从事文化行业无疑留京才会有更好的发展。

最后,妈妈不理解我,她觉得我一个姑娘家独自打拼,有点太不自量力了;他也不理解我,觉得我不够爱他,所以才不愿意回去和他结婚。

那个时候，我在一家小公司待着，拿着微薄的薪水，却怀揣炙热的梦想，以为自己能够做出点什么成就来。

可不到三个月，我就知道自己错了。小公司处处都有壁垒，所有想法最后都要落脚到"是否挣钱"，就更不要说公司虽小，人心斗争却烈，最后，我灰头土脸地辞职。

而后我在家接兼职，什么稿子都接，哪怕几十块钱一千字，只为了维持生计。常常一个人一呆就是一天，不发一言，从天亮到天黑，第二天循环往复。

一次做饭，沸水不小心泼到了腿上，当即就号啕大哭起来，命运为何如此不公，我已经狼狈不堪犹如摔倒在泥地里，却还要遭受这样的小意外，宛如被人踩着，直往泥地里摁。

后来还是朋友陪我去拿了烫伤药，也会偶尔来看我。除此之外，我几乎足不出户。整日无人说话，孤独到无边无际。

爸爸打来电话问近况，还要强颜欢笑，夸耀自己的工作做得如何风生水起；看到前男友的朋友圈晒出相亲的感悟，内心涌起无限酸楚，却要在同学前来问询时，找托词说："我们性格不合……"

那个时候觉得自己好失败啊，白天还能勉力维持，一到夜晚，就觉得自己跌入了深不见底的黑洞，整个人被莫名的绝望蚕食……

有时忍不住想拿起刀片往手上割下去，当时的想法很天真，只想证明，是不是还会痛，如果会痛，是不是意味着，还有知觉……

4/

那时我还不知道有抑郁症这个东西。现在看来，那时，我是有抑郁倾向的。

刀片快割下去的那个瞬间，听见了朋友提着火锅食材过来的敲门声。

他推门而进，面带温暖而爽朗的微笑，兴奋地对我说："你肯定憋坏了，看我给你带来了什么，今天在家里给你做顿火锅。"然后他就在厨房忙开了……他像一阵风，仿佛顷刻就赶走了所有的阴郁。

阳台上，看到夕阳快要落下去了，但站在落日的余晖里，依旧是温暖的。突然间觉得自己又重生了，那些舍不得的羁绊都回来了，一顿美味，一个关心我的朋友，还有我远在故乡的家人，以及我的梦想，那些我难舍的许多。

腿慢慢好起来后，每天强迫自己下楼溜达，走到人群中去。再后来找了新的工作，渐渐才走出之前的抑郁。

我现在用寥寥几句话概括当时的暗无天日，看似轻描淡写，却只有我自己知道，有多艰难。情绪崩溃的时候，有时号啕大哭，有时又伴以冷笑，仿佛都不是自己。

成人世界，那么复杂，那么残酷。我们渐渐褪去自身的天真和单纯，因为很多很多的无能为力。

工作上竭尽全力，却没有达到预期的结果。

明明很爱一个人，最后却没有在一起。

你掏出真心对待一个人，却没有被同等的真心珍惜。

每天上下班像沙丁鱼一样拥挤在密不透风的地铁里，发了工资就要盘算房租水电开支，然后还要从牙缝里挤出一些存款……

世界太复杂，你说单纯很难，我都明白啊，可我想说，你真的努力了，就不要给自己太大压力，不再单纯也无妨，那说明你在渐渐成长。所谓成熟，就是能够世故，又能葆有赤子心。

最重要的，你不是一个人。

爱你的人有很多，他们都在用你知道或不知道的方式，陪伴着你。

他们爱你，不是因为想你多成功，而只是想你快乐。

世事并不只有二选一

> 所谓选择,其实就是取舍,选择之所以为难,就是得到得不痛快,丢掉又舍不得。

1

生活中我们经常会面临选择,一件事情做或者不做。利弊权衡后,做出判断还不是很难。为难的,是面临两个选择的时候,不知该何去何从,令人焦头烂额。

啾啾最近吃饭,见面第一句就是:"我快被这两个人烦死了。"

很常见的选择题,一个女生面临两个追求者,各有其优点,之所以啾啾心烦,也因为两人都有啾啾不满意的地方。

"A男生,有才华有潜力,长得也帅气,可是他创业刚刚失败,经济不稳定,当然这不是我最主要担心的,而是,他刚遭受了创业打击,他追求我不过是转移注意力,这并不是一个好的恋爱时机。"啾啾分析道。

"B男生,他倒是很稳定,事业单位,有责任心,工作业绩也不错,不出意外明年能升任中层管理,他那个职位,只要他不主动辞职,可以做一辈子做到死。可你不觉得这样太可怕了吗?年纪轻轻就爱搞那些官场'套路',打官腔,心机城府我可吃不消。"

旁边的闺蜜持不同意见："你这叫饱汉不知饿汉饥，给你两个选择，你就都挑刺儿，你自己也说他们各自都有优点，人无完人啊，谁身上没点毛病？你别指望能找一个完美的爱人，其实大家都是你将就我，我凑合你，这样过一辈子的啊。"

另一个闺蜜说："两个人都有不满意的地方，那对比一下总有高下之分啊，你更喜欢哪个呢？"

"如果要比较，当然更喜欢A，他年轻有抱负，有想法，想要做点事，但是我也怕他不安分，老想着折腾，不过现在不管怎么说，他都处在低谷，当朋友可以，恋爱真不行。"啾啾分析道。

我一副事不关己的样子："你这么美，只有两个选择吗，诶，有没有第三个选择说来听听看。"

"去去去，我把烦恼告诉你们，你倒好，来打趣我。"啾啾捶我。

其实，啾啾这件事，她自己分析得对，闺蜜说得也对，每个人都有自己的立场，做出选择的时候，也都考虑到了得失。

所谓选择，其实就是取舍，之所以为难，就是得到得不痛快，丢掉又舍不得。可是世事并不只有两个选择，把范围扩大一点，你就会发现，先前纠结的两难，不过是自己钻进了死胡同里，非要逼死自己。

2

大头半年前换了现在的工作,新兴行业,发展势头很好。公司开了很诱人的条件,当初大头就是看着待遇好,所以麻溜地就辞了上家。

大半年过去了,最近大头总是很抑郁地找我:"乔乔,你上班开心吗?有没有什么特别开心的事说来听听?"

"开心不开心,老板也都给我发那些工资,我不如还是笑着上班好。"

"我有点迷茫了。半年前换到这个新行业,我以为自己可以hold住,当然我也不否认是被高薪诱惑了,可这半年来我才明白,所谓新行业,就是规矩还没定下来,不稳定,处处都是变数。这半年我好像一直在忙,又好像什么都没做,好没有成就感!"

"新行业,意味着更多机遇,高薪是加分项,你选择现在的工作,无可厚非,至少在当时看来是很正确的。"我说。

"现在呢,朋友的一家公司找我,是我以前负责的领域,工资没有现在的好,但熟悉的领域,总会更稳定。还有一个小伙伴想找我一起创业,我好犹豫啊,不知道怎么办,要怎么选?"

面对两难的选择题,你会怎么选?

大头的这种情况,相信很多在职的小伙伴都曾经面临过,究竟是选钱多的,还是选稳定的,还是挑战高机遇的……

之所以会陷入两难局面,说明选择的诱惑够大,也同时充满"危险"和变数，这时候该如何做选择？我的建议是预先设想两个选择的最坏结局，你更能承受哪一个，就选哪一个。

不要只看到选择的诱惑，而不考虑自己承担后果的能力。

3/

当然，其实任何两难的选择，都还有第三种选择：那就是跳出这两个选项。

你可以选择不承担任何风险，也不接受任何诱惑，放弃这两个选择，为自己做出更想要的第三种选择。

就像大头，当天晚上，他就给我发了微信。他说："和你聊完，我就辞职了。"

我大吃一惊："啊，我不会误导你什么了吧？"

他说："没有啊，其实世事并不只有二选一，在我不知道怎么选择的时候，我还可以选择暂停下来，休整一下，再出发。"

说得对，别让自己陷入两难的选择，更别委屈自己非要二选一。不妨心态放平和一些，你会发现之前的取舍得失，不过是在跟自己较劲。

愿你有魄力选择你想要的，也愿你有能力去承担你所选择的。

曾经我们那么亲密，如今只能隔空想起

> 人是这样一种动物，我们渴望陪伴别人，亦无比需要那种被需要。

1/

有一天突然发现，自己也到了可以谈一谈告别的年纪。虽然还是稚嫩，并不能真正参透"爱别离，怨憎会，求不得"。

我是一个不怎么刷朋友圈的人，尤其在朋友圈里日渐杂糅了许多工作关系，又加了许多读者后，便越来越少看。但有的关系还要维护，毕竟还需要一些人际来往，于是安慰自己，虽然刷得少，但偶尔看到一点消息，总不会让自己显得太闭塞。

其实这安慰是徒劳的。

那些原本在心里重要的人，他们的动态也就日渐淹没在繁杂的信息里了。经常，我要点开他们的头像，直接跳转到他们的主页才能一次性了解他们的近况，然而总是晚一步，从那些或感慨悲伤，或欢喜雀跃的字里行间，我仿佛带着时差去体会他们当时的感受。

欢喜也就罢了，毕竟可与许多人分享。可是当他悲伤难过时，我却没有给他一丝安慰。那一刻我心里涌起许多悲凉，那曾是我非常重要的人啊，在他需要安慰的时候，我却和陌生人无异。

"他为什么不跟我倾诉,为什么不告诉我?"我心里这样想,可转瞬又想到,当我自己咬紧牙关经历那些悲伤瞬间时,我也没有想过要找谁倾诉。也许是一个人咬牙挺过去,也许身边有了新认识的小伙伴陪伴在侧……那么他呢,他会不会也有了新的慰藉与寄托,但愿如此,虽然安慰他的那个人不是我,但仍希望他悲伤时,有人安慰……想到这里,心中又感慨良多。

那些曾经无比亲密的人,后来消散在人海里,日后回忆起曾有过互相陪伴的时刻,想来依旧是觉得温暖的。**人是这样一种动物,我们需要陪伴别人,亦无比需要那种被需要。**

2/

犹记得若干年前,同那时特别要好的闺蜜,在元大都看海棠看累了,坐在树荫下乘凉。

春光烂漫,她歪着头对我说:"乔乔,你相信吗,人的一生总难免与许多人告别。可有的人,我相信是一辈子都不会告别的,我们以后要永远像现在这样相亲相爱,好不好?"

我重重地点头。

那时天真地觉得,我们之所以会和有的人走散,终究是因为他们不那么重要。但眼前的她,说出这番话的她,与我形影不离,是有什么欢喜哀愁都同对方分享的密友,是人生中视为像生命一样重要的人。她那么重要，我们一定不会陌路。

我们畅想以后要住在一个小区，一栋单元楼，还要一起疯玩，一起任性，一起文艺下去……

可是后来她辗转去了南方，我留在北方，隔着遥远的距离，我们各自奔走在自己繁杂的生活里。起初经常打电话，她在那头说："我想你，想起我们一起看完话剧，走在夏天温热的夜风里……我多想再和你一起看一场话剧，去逛小胡同……"

我不知道，成人是不是会有一种羞耻感，不敢过分表达爱和喜欢，觉得那是孩子的方式，毫不掩饰。明明无比想念，最后竟沉默不语。

又或者，我们终于明白，隔着那么远的距离，再炙热的想念，走了几千里，顺着电波或网络传达，终究还是冷冰了些。也就慢慢地生出了隔膜，也就渐渐从一个礼拜一个电话，走到了一个月一张明信片，走到了朋友圈里点赞的关系，再到连赞也不点的关系。

我也曾经问过自己："为什么，当初那么亲密的我们，到后来明明是想念的，却再也无法点开她的对话框，说一句问候？"也许是发现，当自己不再参与到她生活中的悲喜，也就没有资格去过问她的悲喜。

她安安静静地躺在我的所有联系方式里，我就那样远远地看着她，看着她结婚生子，我满心欢喜，看着她难过，我也跟着难过。

我只是无数次在海棠花期时，在经过元大都公园时，会想起那个在花下一脸天真同我说"我相信我们是一辈子都不会告别的"的姑娘。

我再也慰藉不到你，可你仍在我心里，一如曾经。

3/

深夜写这篇文，心里莫名地生起许多想念。难过的，以及美好的，于是哭了又笑，笑了，又落泪。我不知道为什么会突然想起那么多过往和故人，那些说了告别，抑或没有说一声就再也不见的分离。

莫名地，在微信上给朋友发了一段话："想告诉你，认识你真好，也许有一天，我们都难免淡漠起来，可是想你知道，相遇真的是件很奇妙的事。我想告诉你，在我还能说出这些话的时候。"

我们内心有太多的顾忌，最大的一种是"像个成人那样"，在讲究人情世故的成人世界里，过分深情反而显得浅薄。

朋友说："知己难觅，倘若有机会，定要把酒言欢，一醉方休。"

我说："好。"

朋友说："你知道吗？你曾在我最最低谷的人生里，给过我莫大的支持与安慰。"

我其实真的不知道，自己曾说过什么惊天地、泣鬼神的话，或者做过什么惊人之举，能给他如此安慰。

于是便明白，所谓相遇相知是缘分，所谓真情，因为无意才格外真。

年少时，那些不想以后，觉得会永远如此亲密爱下去的朋友与恋人，是情真意切。

如今成长后，知道日后难免陌路，于是万分珍惜与呵护完好的友情，亦是情真意切。

只是情深难以言表，也担心言多必有失，好在日消情长，懂的人自然懂。

4/

关于爱情，那些明明深爱过的人，后来也各奔东西，杳无音信。

我曾做过一件很傻气的事。

那时牢牢背下喜欢的人的电话号码，是他家的座机。是怎样牢牢地背下呢？哪怕在梦里被问起，也能一样记得。也曾担心自己会忘记，在一个小本子上用笔重重地记下，仿佛用力写在纸上的，也用力刻在了人生里。

那时我想，许多年后，如果我们不在一起了，我要悄悄给他打电话，可能那时他都辨认不出我的声音，但我还是会告诉他年少时，曾有一个人，爱你如生命。

可是呢，经年后，时间过滤了我们的爱情，也擦掉了许多记忆，连同那个曾经倒背如流的电话号码。

但，我现在还经常会做梦，梦见自己站在电话亭边，举手要拨电话，手举在空中，迟疑许久。电话里传来忙音，站在万分寂寥的荒野里，仿佛站在人生无法倒流的无涯里。电话里的忙音，像是无法回应的告别。

就像村上春树的名作《挪威的森林》里，渡边想给绿子打电话。

……告诉她，自己无论如何都想跟她说话。在这个世界上，除她以外别无所求。我想见她，一切的一切从头开始来过。

绿子在电话的另一端，沉默了好久。仿佛全世界的细雨下在全世界的青草地上似的，沉默无声。那段时间，我闭起眼睛，额头一直压在玻璃窗上，良久，绿子用沉静的声音开口道："现在你在哪里？"

我现在在哪里？

我继续握住听筒抬起脸来，看看电话亭的四周。如今我在什么地方？我不知道那是什么地方。我猜不着。到底这里是哪里？映入我眼帘的只是不知何处去的人蔓，行色匆匆地从我身边走过去。而我只能站在那个不知名的地方，不停地呼唤绿子的名字。

5

有人说，人生里留不住的，不如放手，任由它去。

我常想，我一定是一个我执很重的人。即便留不住，即便物是人非，我也要紧紧抓住回忆，反复想起，绝不遗忘。

那些照见你我真情真意，互相陪伴走过孤独与寂寞，融进彼此生命的时刻……

我怎么舍得忘？

喜欢的人做错了事，你还会喜欢他吗？

> 当那个人远远超出我们的想象，做出伤害我们的事，失去我们的信任，受伤的心失望至极，也就无法挽回了。爱是有限度的，并非可以肆意挥霍。

1/

某天正上着班，朋友微信发来一个截图，起初我还以为是什么冷笑话或者八卦，点开一看，果然是条娱乐八卦。只不过女主角是我一直以来很喜欢的一个作者，身陷情感纠纷。

我的脑袋当即就"嗡"地一声空白了。讲真，当时我的内心是拒绝的，我质疑那条娱乐八卦的真实性，心里一直有个声音："这不可能，她怎么会！"

随即我赶紧打开微博，去她的主页看，底下已经一堆辱骂的留言。见不得自己喜欢的人被骂，我很快就把网页关掉了。

但情绪顷刻就低落下去："那样一个甜美的人儿，怎么会做出破坏别人家庭的事？男主长得那么难看……到底图什么？"

虽然那是与我不相干的娱乐八卦，可是心里却别提多难受。我喜欢她笔下那些古灵精怪、脑洞巨大的童话故事，喜欢她朋友圈发的那些卖萌的小段子,喜欢她甜美的样子、好看的眼睛……可是这美好的一切,再想起的时候,脑海里总是会浮现出那条不堪的八卦。

朋友知道我的惋惜和难过,隔了两三天,才在微信上问我:"你以后还会喜欢她吗?"

我认真地想了想这个问题,作为一个有感情洁癖的人,对这个人,心里确实无法再升腾起喜欢的感情。过去的喜欢是真的,但以后也喜欢不起来了。除此之外,大概只能不带偏爱地喜欢她笔下的故事了。

2

随即,我便想到,那些我们视为偶像、榜样的人。我们喜欢他们,是因为他们用人格魅力吸引了我们,给了我们正能量和美好的向往。

他们或多或少离我们的生活还是有点距离,即便做了错事,他们也犯不着需要我们的原谅。

"那如果,是我们身边的人呢,如果就是那个你喜欢的异性,她做错了事,你会原谅她吗?还会喜欢她吗?"

我眼巴巴地看着朋友,问他。但问完我就有点后悔了,看着朋友受伤的眼神,我忽然觉得自己有点残忍。不过,时隔许久,朋友淡然地跟我分享了他的心路历程。

朋友在大学里曾经很喜欢一个女孩,那姑娘很有才情,能歌善舞,经常在校刊上发表诗歌,偶尔也自己写点曲子,自弹自唱。追她的人自然不少，朋友对她一见钟情，痴痴地追了许久，最后才打败其他竞争者，抱得美人归。

朋友是真喜欢这姑娘，在一起后，对她言听计从。也许爱得多的那个人，在感情里注定是处于下风的。朋友越喜欢她，她越是傲慢，不在意，对于他的真心付出，常常觉得理所当然。

姑娘上大学之前，在高中有一个男友，后来去了国外读书，两人迫于距离分手了。朋友能感觉得出，姑娘还是惦记着那个前男友，但她既然答应了和自己在一起，他便相信她能处理好自己的感情。

可后来，姑娘的行为并没有如他预料的那样。她还会在网上找那个人聊天，说些暧昧的话；会给他买国内才有的零食，会跟他打电话，说亲昵的话。这些后来被朋友发现了，朋友第一次觉得女孩并不如自己想象的那么爱自己。他心里虽然难过，可还是喜欢女孩，就算她做得不对，伤害了他，他也不忍心责备她。

女孩还没开口解释，或许根本没打算解释，朋友心里已经不由自主地开始给她找理由："那是她的初恋，初恋难忘是人之常情""她可能只是把他当朋友，也可能只是对他依赖""也许她只是对国外的大学生活好奇罢了"……找了很多的借口说服自己，最后的最后总有一个合适的理由去原谅她。

朋友的宽容与爱，并没有换回对等的感情。朋友后来看到他们的聊天记录，女孩对那个人说，她从未爱过别人，心里一直有他。

朋友看着他们的聊天记录，知道无法再欺骗自己。他只是不懂，既然姑娘那么爱前男友，又为何要答应跟自己在一起。他还是欣赏她、喜欢她，只是再也爱不起来。

当那个人做出伤害我们的事，失去我们的信任，让我们受伤到失望至极，也就无法挽回了。爱是有限度的，并非可以肆意挥霍。

3/

和上面朋友的例子有点反着来，闺蜜卡卡前一阵跟男友分手了，理由是她太作了。

动不动就发脾气，抱怨这个抱怨那个，吃饭对男友点的菜挑三拣四，看电影对选片不满意，还动不动就拿分手威胁……次数多了，男友懒得再伺候，在卡卡作劲儿又上来的时候，索性说了分手。

这下卡卡傻了。

说到底，卡卡作，还是因为她喜欢他。那些抱怨都是希望男朋友爱自己多一点，对自己更宠溺一点，无奈沟通方式出了问题，最后把男朋友作没了。

分手后，卡卡意识到自己的问题了。她很认真地去改正自己的态度，在日常生活中也不再像以前那样爱抱怨了，她一次次去找前男友复合，可他却没有再给她机会。

卡卡问："喜欢的人做错了事，为什么不能给他一次改正的机会？也许他这一次是真的知道自己错了，真的会诚心诚意地去改正，为什么就不能给他一个弥补的机会呢？"

听着卡卡的话，我有些唏嘘，请珍惜身边的人，好好说话，好好相爱，不要等失去之后才发现曾经拥有的是多么珍贵，因为你可能永远没有改错的机会。

4/

听了卡卡的话，我又想了许多。是啊，如果那个做了错事的人，真的意识到自己错了，并且很认真地去改了，为什么不能给他一个重新开始的机会呢？

曾经我们义无反顾去爱，为什么后来，却不能分出一点爱，用来宽容与理解？

如果能够原谅，是不是后来，也就能够更好地去爱了，彼此互相理解与宽容，用更积极的方式去处理问题和矛盾。

这样不失为一个圆满的结局，只可惜，世事没有那么多的如果，相爱的人都是轻易就分开了。世界那么大，可以爱的人那么多，谁会在一个做了错事的人身上，耗费许多耐心等他改错呢？

变得更好的卡卡虽然无法挽回旧爱的心，但我相信，爱情教会我们成长，会让我们更好地投入到下一场相爱中。

于是又想到了喜欢的那个作者，心中顿时宽慰了许多。是啊，人无完人，年轻的时候谁还没犯过点错呢，勇于面对错误，诚心改过，依旧是好汉一条。

5

如果爱能重来……

当然,也许爱无法重来。

得不到原谅,确实是遗憾,带着遗憾才学会珍惜。爱无法重来,但我们知道自己变得更好了,也更会爱了。就好。

有些人，只是表面上看起来原谅你了

> 越成长，越不敢轻易说什么狠话，因为知道自己可以失去的越来越少。

1／

曾看到休闲璐的一条微博，关于"友情里很多时候没有修复这一说"，她说一个好朋友做了很伤害她的事，后来那个朋友道歉了，她也表示"没事"。

但成年人的"没事"，不代表真的没事，只不过是不想再彼此麻烦而已。

休闲璐说："碰见了我还是会笑着和她打招呼，她给我发微信我都会嘻嘻哈哈地回表情包。只不过在她有事的时候，我不会像以前那样第一时间去安慰她陪着她了，我不会像以前一样和她彻夜聊天了，我不会介绍我的朋友给她认识了，我恋爱了失恋了也不会跟她讲了。"

她说："做了伤害对方的事，就算事后道歉了，也不会再有任何友情了。最好的结果就是，大家勉勉强强用尽全身力气留下一点体面而已。"

曾经的友情，只剩下最后疏离的体面。

两条点赞最多的回复是这样说的：
"有些人，表面上看起来是原谅你了，其实你已经变得不再那么重要了。"
"真正的好朋友会知道你的底线在哪里，永远不会触碰。因为真的很在乎你，我不愿意做你那个只剩下'体面'的朋友啊。"

看这条微博时，我正在人声喧嚣的公车上，心里一股说不出的滋味。看着窗外的房子和人飞快往后奔去，觉得仿佛真的奔走在人生的时光列车上，而那些擦肩而过的陌生人，可能就是昨天最亲的某某。

我想起，曾经收到过一个女生的留言倾诉，说她跟同宿舍的好闺蜜闹别扭了。事情的起因我已不记得，矛盾大抵就是只站在自己的角度，谁都没错，但关系就是这么闹崩了。

事后，女生想过友情更为重要，想过各种办法去弥补，去道歉，但都无济于事。

闺蜜并没有接受她的道歉，甚至跟其他同学换了宿舍，彻底搬出去了。不久后，两个人彻底没了任何联系。

女生跟我倾诉过好几次这件事，有一次在深夜的两三点，她问了我一个问题，大意是："乔乔，你有没有失去过生命中非常重要的人，然后你觉得懊悔不已？"

我记得当时回复她："失去的早已失去，执着不再有意义。你要过得开心和洒脱，是为了自己。"

那个选择不原谅、选择离开的人，在她做出选择的时候，你的道歉和懊悔，就不再有任何意义了。她选择单方面切断跟你的人生交集，那就尊重她，把这当成人生的一场教训，但绝不是"惩罚"，所以不必在后来辗转难眠的夜里，自责不已。

阿尔伯特·埃斯皮诺萨说："我一直相信生命中会有一些人，他们爱你，给你养分，而当你失去他们时，没有任何人能够填补那块空白。"

会很难过，对吗？但那又如何呢？成人谁不是揣着内心的空白，继续前行。

2/

破裂的友情难以修复，其实不单单是友情，爱情也适用这样的准则。

我身边有一对情侣，两人从大学一路谈过来，女生其实没什么大毛病，就是有点作。

有一次，两人不知道因为什么吵了起来，女生一吵架就忘了分寸，说话也不过脑子，直接戳到了男生的痛处，特别鄙夷的那种。男生平时脾气还算好的，那次直接摔门走了。

事后，女生也觉得自己说得有点过，一直找男生道歉。

男生见女生态度诚恳,也是嘴上说:"没事,没事。"

但那之后,男生对女生的态度,说不出是什么地方变了,但终究是有什么不一样了。

女生说要做什么,男生就说好好好。

女生不开心,男生也不再过多哄,只是由她自己情绪来情绪走。

两个人之间的话越来越少,以前男生会忙里偷闲关心女生,现在渐渐也没有了……

女生很难过,她忍不住去问男生,两个人到底怎么了?

问了好几次,男生都说没什么。

后来,女生实在觉得两个人已经不在一个调频,濒临分手了,于是诚恳地问他原因。

他才说出了真正的原因:"有的事情,是可以原谅的;但有的事情,是没法原谅的。"

你说出伤害别人的话,那一个瞬间,也许你是无心的,可是伤害还是真实发生了。 我们都不是绝对的坏人,你依旧是可爱的、善良的。他人面对你的道歉,没有办法指责,他们表面上选择了原谅,但内心里,做不到原谅。

他们后来还是分手了。

3

我们年少气盛的时候，都曾经口无遮拦，曾经在情绪的临界点时，说过伤害别人的话。我们都曾在友情、爱情、亲情里，伤害过别人，也伤害了自己。

伤害别人太容易了，可原谅，是一件太难的事。

当失去的再也无法挽回时，教会了我们该如何谨言慎行，教会了我们懂得珍惜和提高情商。

有人说：不要随意做出伤害别人的行为，因为你能够伤害的，都是在乎你的人。

越成长，越不敢轻易说什么狠话，因为知道自己可以失去的越来越少。确认过你在我这里很重要，就不想跟你轻易走散。

成年人哪里敢哭，都是笑着说出难过的

> 我们都一样在面对生活的艰难，看起来再光鲜的人，他们也会在你看不到的时候，一个人死撑。

1/

今天和同事外出办事。到了地方，合作方还没准备好材料，我们三个就坐在会议室里等着，有一搭没一搭地聊天。

一个同事说到工作，说今年行业越发不景气，越来越难做，每天都有做不完的工作，积压的量多得让人焦虑；半夜做噩梦醒来，被人催着交最终文件，要不就是文件出错吓醒了……

一个同事说到婚恋，刚过完生日，家里人又催着她相亲，要她找男朋友，说她也老大不小了早点搞定婚姻大事。长辈用的是"搞定"，很像是去搞定一件什么任务似的。

同事就很慌说："我才二十几岁，做着喜欢的工作，为什么没男朋友不嫁人，就显得一无是处了呢？"

我拖着下巴听完，陷入思考：今年行业整体低迷，工作确实有遇到瓶颈的感觉，明明已经很努力了，可是结果却差强人意。起初也很

焦虑，还跟妈妈打电话诉苦。搁在以往，我这种报喜不报忧的人，是断不会跟爸妈说工作的事，尤其是负面的。

妈妈就宽慰我说："打个比方呀，工作就像天气，春夏季节雨水多一些，秋冬季节雨水就少一些，你不能要求一年四季都有很多雨水，那样就会闹水灾。工作也是啊，去年你做得好，今年如果还能更好，自然是最佳的，但如果今年没做好，也不代表就能力有问题，可能今年就是一个积累期，就像一个人的运气，也有时高时低。"

听完妈妈的劝解，顿时就豁然开朗，没有那么焦虑了。

同事听完说，成年人真是不容易，很多时候明明已经很累了，还要宽慰自己调整心态，以便继续努力；明明已经难过得想哭，还要笑着说没事。

2/

同事转而讲到自己一个朋友的故事。

朋友学的日语专业，毕业后去了日企，日企就是工作很多压力特别大，还等级分明，论资排辈。朋友是刚毕业的大学生，各种琐事都要做，其他有资历的同事，也会把手头的活儿丢给她；她做好了，功劳是同事的，她做得不好出错了，就赖到她头上。

朋友为此气哭了好多回，也被罚扣工资。她来找同事抱怨，同事心疼她说："要不你就换个工作吧，这么委屈受气。"

可朋友转而哭得更厉害："我哪里敢辞职呢，睁眼醒来房租要交,水电要交,还要吃饭,总被扣工资,每到月底就要勒紧腰带过日子,也不敢跟爸妈说,不敢跟他们伸手要钱,就一个人默默挨着。"

朋友说:"不管多难,一定要挨满一年多,这样我就算是有一年以上的日企工作经验,下一个工作才会好找些。

其实最难的时候就是,在被上司训的时候,明明不是自己的错,不管多委屈都要忍着眼泪。"

职场不相信眼泪,成年人的生活也是如此。

3/

听完我们都特别唏嘘,同事朋友的经历,我也经历过,我们都是这样一点一点走过来的。

那些委屈的,无望的,迷茫的日子,就是每天给自己加油鼓劲,一点点熬过来的。

刷微博的时候,看到一则微博:"说说你生活中最难过想哭的一件事情"。

同事说:"好久都没哭了,哭有什么用。"

我想起昨天坐地铁,坐我旁边的一个姑娘,抑制不住地在那里哭,肩膀耸动。

我发微信告诉朋友。朋友说,那她一定是遇到了特别难过的事,才会在地铁上都控制不住情绪。

转而我又想起以前每每想哭时对自己说的一句话:"眼泪是可耻

的东西。"便会把眼泪生生咽回去。成年人哪里敢哭呢，哭是会被自己都笑话，觉得愧疚的事情。

微博里有人说：

"害怕努力的速度追不上父母老去的速度。"

"异地恋真的好委屈啊！"

"很认真做一件事却没有预期回报的时候。"

"其实真正让人难过的事，大多都难过到连哭的力气都没有了。"

"找了好久工作没找到，房租到期，要签合同的房子被人先抢了；好朋友去了别的地方发展，不带伞出门就下雨，昨天打车听了一首伤感的歌哭了一路。"

"喜欢了5年的女孩子终于还是成了别人的女朋友，暗恋这种东西，真让人患得患失。"

"现在的我不是我自己。"

"渣男劈腿，被分手，辞职，和好朋友吵架，跟爸妈闹翻，感觉什么都没有了，世界都安静得只剩下我一个人。"

"不想过这平凡的生活，却因为没有勇气没有能力，过着一眼能看到未来的生活。"

"一个人在外面打拼，爱情不顺，工作不顺，家里爸爸生病住院了，现在喝了一些酒刷到这条，眼泪没止住。"

".............

4

其实我们都一样在面对生活的艰难，看起来再光鲜的人，他们也会在你看不到的时候，一个人死撑。在你看不到的时候，一个人默默流泪。

但后来我们还不是又默默擦干眼泪，一个人坚强。

成长就是一个将哭泣不断调成静音的过程，后来我们都是笑着说出难过的。

总要一个人捱过那些很苦的时光，才会迎来蜕变与成长。

混日子很轻松，但那不是我们想要的生活，我们拼命努力，是因为我们真正想要的东西，没有一件是轻而易举能得到的。

为了你想要的生活，这恰是努力的全部意义。

为什么好朋友之间更容易撕破脸？

> 大多数人不过是打着"好朋友"的名义，彼此绑架罢了。愿时间帮你筛选留下志趣相投的好友。

1/

周五约蔻蔻逛街，我俩碰头后，诧异地发现小雪没跟来。

谁都知道，蔻蔻和小雪这一对闺蜜，好得简直跟连体婴似的。

"小雪怎么没来？还想让她帮忙挑下眼影呢。"我随意问起。

蔻蔻听到我提小雪，有一点意外。"我们俩闹掰了，已经一礼拜没联系了。"

"什么？"这下换我大吃一惊，这俩闹掰，难道也是俗套地上演了闺蜜共抢一个男人的狗血戏？"因为……男人？"我试探地问道。

"收起你们作家的想象力，才不是……就因为一点小事，我也没想到会闹成这样。"蔻蔻没好气地推开我。

随后蔻蔻简单把她俩闹掰的经过说了下，还真是因为小事。

小雪是某音频APP的小主播，上上周平台有个活动，小雪有个机会参加视频直播，聊情感话题。小雪平时做习惯了音频，第一次录直播很紧张，所以拉了蔻蔻做小嘉宾。

当天晚上直播，主角小雪确实紧张，状态不好，蔻蔻因为是作陪，心态平和，反而自然，状态极好。

有个男粉丝，也是情商低，说：一直很喜欢小雪，今天突然对小雪的闺蜜路转粉了，还央求蔻蔻可以自己单独开直播。没想到一票粉丝还附和上了，如此一来，蔻蔻就显得喧宾夺主了，这让小雪特别没面子。

后面聊到情感话题时，蔻蔻这个没心眼的傻姑娘，也是口无遮拦，把小雪的情感故事抖露了。蔻蔻的本意是想表达，小雪虽然在感情里摔过跤，但她很坚强地走了出来，大家要像她一样勇于放手，迎接新生。

但小雪当时就脸黑了，因为有个粉丝说："没想到'大大'也曾经栽在渣男手里，那你能给我们分享什么经验呢？"

…………

直播一结束，小雪就跟蔻蔻吵了起来，因为在气头上，说了很多伤人的话。

"说我绿茶婊，跟她做直播是为了抹黑她，抬高自己；说我腹黑，在她粉丝面前抖她隐私，让她下不来台，可我真的不是故意的啊……"

总之，两个人对骂撕逼起来，不欢而散，把对方拉黑了。

2/

"有时候会想，友情是不是太脆弱了？好的时候，我们俩不知道多让人羡慕，连我妈都说小雪像是她自己的女儿，她自己生了一对双胞胎……我真的没想到,最后,我们是这样的结局。

"以前,看别的闺蜜最后撕破脸,我们都取笑她们,说她们作,可没想到有一天自己亲身经历了,才知道这是多么讽刺的事。

"乔乔,为什么我们分明那么要好,最后却撕成这样?这一个礼拜我都好低落,比失恋还难过。"

女生之间的友情确实很微妙,我的公号后台也经常会收到类似的困扰。

我发现,很多闺蜜之间争吵,大多都是因为走得太近,模糊了该有的心理边界。

不分场合地开玩笑,伤了对方的自尊。"说什么好朋友,居然开不起玩笑?"

不分你我,随意地使用对方的东西,并习以为常。"你的就是我的,我用你的东西还用打招呼?太生分了吧?"

口无遮拦,把负面情绪发泄在对方身上,认为对方就该理解和包容自己。"我承认自己做得不妥,但好朋友之间不应该互相包容吗?"

有了误解不及时解释,让猜忌愈演愈烈。"我生气了,她难道不知道我为什么生气?"

3

好朋友是我们人生路上难得相遇的知己,但所谓知己,只是彼此投缘,却不是另一个你,你们始终是两个分开的个体,对方没有义务无条件地理解你,懂你,让着你。

为什么好朋友之间容易撕破脸？那是因为大多数人不过是打着"好朋友"的名义，彼此绑架罢了。

真正的好朋友，是懂得珍惜和欣赏彼此，能做到关系亲昵，也懂得守住该有的心理边界，互相尊重。

小雪直播，蔻蔻去帮忙，竭尽所能地调节现场气氛，却被小雪误解为抢她风头；蔻蔻也有做得不对的地方，未经小雪的同意，就把她的隐私抖了出来……小雪认为蔻蔻别有用心，蔻蔻觉得小雪小题大做……各自站在自己的立场，都有理。

可是呢，好朋友之间，最怕较真，最怕掰开了揉碎了，锱铢必较，什么感情都经不起这样去计较。解释一万遍，辩解一千次，最后会发现，好没意思啊，不是好朋友吗？友谊的小船怎么说翻就翻了？

是不是我们都对"好朋友"这个词有些误解？

我们是彼此的好朋友，是不同于其他人的存在，在对方那里享有特权。而所谓的特权，不仅仅是比别人更亲密，也包括，要比别人更尊重，更理解对方。

遇到问题和误解时，陌生人惹你生气，你怒吼回去也就罢了；而好朋友，怎么能说翻脸就翻脸了？难道不应该坐下来心平气和地聊一聊。"你这样做让我不舒服，我没有责怪你的意思，只是把我的想法告诉你……"

那么问题来了，好朋友撕破脸了，还要挽回吗？

如果他真的是你生命中重要的人，且不谈是否能挽回，但我想，你至少能做一件事，那就是去解释和澄清。把你最真诚的想法告诉对方，至于双方能否和解，就看天意了。

其实成长中我们慢慢会懂得，有些嘴上说的"好朋友"，最后也就真的消散在人海里了，那些平淡似水相处的朋友，日积月累，竟成了不可失去的人。

遇过那么多纷纷扰扰的人，愿时间帮你筛选留下志趣相投的好友，愿时间继续善待你们，嬉笑怒骂，携手同行。

我们曾那么相爱,却为什么不说真话

> 在日复一日的消磨里,我们没有说出自己真实的感受,也忽视去问对方的真实想法,忘记了爱的初衷。

1/

跟朋友聊天,他说:"你知道吗,以前我坚定地觉得男女分手,一定是因为不爱了;但最近发生的一件事刷新了我的认知,很多时候,男生女生在面对感情时,思维是截然不同的。"

他的一个好哥们跟女朋友闹分手。

两个人大吵了一架,男生摔门就走了,留下一句话:"你好好冷静冷静吧。"

女生以为男生气消了,过个两三天就回来了。谁知道男生再也没回来,把她拉黑了,什么联系方式都删掉了。

就连东西他也没去同居的地方取,而是找我那个朋友帮他去收拾的。

姑娘对着朋友大哭了一场,一边哭一边骂,又一边怀念。

"我没想跟他分手啊,他玩游戏就是不对啊,我就说他怎么了,他还有脾气了跟我分手?

"分手了连最后一面也不见,太绝情了,当初说要照顾我一辈子的,臭男人没一个好东西!"

"为什么要跟我分手啊,不是说很爱我,要对我好的吗……"

总之,一会儿骂一会儿哭,朋友在那里收拾东西的时候贼尴尬。

收拾完了,给哥们把东西送过去。

哥们为了答谢他,请他撸串,一边抽着烟,一边说着以后。

朋友问他:"干吗分手呢,说你玩游戏,你就收敛点,好好工作,好好挣钱。"

哥们一脸诧异:"谁跟你说我们分手是因为我玩游戏?"

随后哥们就开启了吐槽模式:"每天都要化超浓的妆,我都他妈快不记得她真实的样子了!

"不知道她每个月怎么花的钱,挣多少就花掉多少,化妆品又不能当饭吃,买了一堆又一堆!

"还懒,不爱收拾屋子,换的衣服扔得乱七八糟……"

朋友说当时他就觉得,天啊,这是曾经一起相爱过的两个人吗?他们对彼此的认知,完全都是偏差的。

女生还在怀念男生对自己有多好,说自己曾经多可爱;男生却已经开启了各种吐槽嫌弃模式,而女生对此毫无所知。

朋友说:"男女两种生物思维的截然差异,导致了恋爱时两个人完全不在一个调频上。"

2

与其说是两个物种思维的差异,我更认为是两个人之间缺乏坦诚的交流。

阿雅前几天跟男朋友吵架。

阿雅性格比较外向,朋友也多,包括各种异性朋友,有时候一起玩儿,开心的时候会激动地跟异性朋友像哥们似的拥抱。

她男朋友就看不下去。

但一开始他又不好明说,就一直憋在心里。他心里很矛盾,一方面觉得阿雅就是这样的性格,她对那些朋友没有什么非分想法;但另一方面又忍不住觉得阿雅跟其中一个男生走得近,怎么看怎么觉得他俩特别亲密……

直到有一天,因为一个很小的事,男朋友爆发了,细数阿雅跟那个男生亲密的点点滴滴。

阿雅很崩溃,脱口而出:"原来我在你眼里是这样的人,原来那么早以前你就在怀疑我,觉得我是一个喜欢跟别人搞暧昧的人……我真是瞎了眼会喜欢你!"

阿雅觉得很受伤,被自己深爱的人认定在搞暧昧,多可笑。

阿雅的男朋友也很生气,他觉得这么长时间了,她一点没变,而且跟男生越走越近,他忍无可忍。

如果阿雅的男朋友在第一次觉得心里不舒服的时候,就能坦白地说出来,跟阿雅进行坦诚的沟通:"你跟那个男生走得有点近,我很吃醋,因为你是我的。"他肯定会得到阿雅同样坦白的反馈:"他真的只是我的好哥们,他在我眼里就没有性别啊。当然你如果还介意,我会注意的。"

3/

曾经我们是相爱的人,无话不说,每天凑在一起说一堆废话,还觉得特别幸福。

可后来的我们,明明关系越来越亲密,话却越来越少,有什么心事和想法,也不跟对方说,埋在心里。有时说出的话,也都不是心里的真心话。久而久之,关系越来越冷漠,也越来越钻牛角尖,只站在自我的角度,无法设身处地替对方想。

很多时候,不是我们不爱了,也不是时间打败了我们的爱情,而是在日复一日的消磨里,我们没有说出自己真实的感受,也忽视对方的真实想法,忘记了爱的初衷。

虽然男生女生是两个截然不同的物种,但真心希望,相爱的两个人,可以给对方多一些在意与关注,坦诚沟通,减少彼此的误解与猜疑,好好相爱。

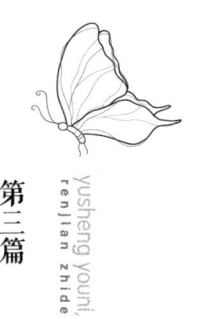

第三篇
感谢你做我平淡岁月里的星辰

yusheng youni,
renjian zhide

◆ 一个人也好,两个人也罢
◆ 感谢曾有你,做我平淡岁月里的星辰
◆ 不再拥有的东西,教会我们忘记
◆ 忍住100次找你的冲动,其实忍不住
◆ 对你说晚安,多期待又心酸
◆ 别叹气呀,会让好运溜走的
◆ 没有理由就是要开心

一个人也好，两个人也罢

> 从害怕一个人，到享受一个人的孤独自在，
> 这就是成长吧。

1/

柠檬发来消息，她还是婉拒了朋友的告白。

月光如水，我们俩有一搭没一搭地聊着。

"现在越来越有独身主义的倾向，"柠檬笑着说，"他问我，不喜欢他哪里，他可以努力改进，达到我的要求。我不知道怎么回答他，今天在微博上看到一句话'我只是一个人，一个人而已'，好像就是这个感觉。"

我明白她说的那种感觉，不是不想去喜欢什么人，只是还没有那么喜欢的时候，宁愿一个人待着。

可以一个人逛街，一个人吃饭，一个人看电影，越来越不想委屈自己去认识什么人。可以交心的人就那么几个，不随便混圈子，不去酒吧熬夜，宁愿一个人在家喝醉，不会和谁有什么不清不楚的关系。要走的人绝不强求，喜欢和相处舒服的人在一起。我只是一个人，一个人的欢愉、一个人的寂寞，也是一个人的干脆利落。

柠檬说："他问我，是不是还不想谈恋爱，他说他可以等，他说他可不可以先领一个号码牌，先排着队。"

越是被认真地喜欢着，越是不敢轻慢对方。既然拿不出对等的喜欢来与之回应，不如，继续一个人。

2/

许久不恋爱的人，大概经常会被问到这样的问题："你是不是心里还住着一个人，还没有忘记那个人？"

阿南许久没有恋爱了，上次分手是两年以前，她笑着说："一个人久了，好像会变得越来越挑剔，就会在心里对自己说，不要将就啊，不要随便喜欢谁，不然就对不起一个人倔强地单身了这么久。"

多么可爱又任性的单身理由。

"也有尴尬的时候，同学聚会时总是会被问起，有没有男朋友，为什么还没恋爱，是不是还没有忘记×××？就很烦啊，我单身我乐意，为什么总要和那个谁谁扯上关系呢？"

阿南的前任是学校的风云人物，校乐队的主唱，告白的方式也是轰动全校。在晚会上，当着所有师生的面，深情款款地自弹自唱，然后说："阿南，我喜欢你，喜欢得不敢跟你说，又喜欢得敢当着所有人的面说。"

整个礼堂都沸腾了，年少喜欢一个人时，内心的寂静与热烈，小心翼翼，又无比放肆。

可是，最后的最后还是分手了。相爱时认真，分手也分得认真，很爱很爱又如何，大概两个人真的不适合。

分手后，主唱回了南京，接受父母的安排去了大公司上班，闲暇时间还继续搞他的乐队。听说他过得很好，听说他又谈了恋爱，听说他还是想挣脱父母的掌控，去广州发展。

但这一切都只是听说，分手以后，阿南再也没有主动联系过他，即便失恋期很想很想他的时候，也只是拉着闺蜜去KTV唱情歌唱到声嘶力竭。

再也没有人像你那样滑稽地跟我告白，又笨拙，又天真。

我只是一个人，一个人而已，没有过不去的情伤，也没有留恋谁，从此山水不相逢，不闻旧人欢与泪。

3/

长得好看的人都擅长拒绝，这对他们来说，习以为常。"可是，长得好看又有什么用？"酒还剩半杯，考拉寂寥地往沙发里倒，带着一股生人勿近的凌厉。

旁边坐着的是桃桃，脸上还带着泪痕，失恋的少女脑回路也是奇怪："我要是有你这么好看，他也许就不会不要我了。"

"不爱你的男人，你长得跟天仙一样也没用。"考拉冷冷地说。

眼泪又止不住地往外涌，桃桃哭得无声，考拉看了一眼，叹了口气。

"其实，说真的，我很羡慕你，一整颗心去爱一个人，爱没了受伤了，就放肆地哭，多好啊，我多想体验一次失恋的感觉，哪怕是被酣畅淋漓地伤一次。"考拉说完抿着嘴，然后又端起眼前的酒杯，一饮而尽。

一个人呆久了，越来越不害怕孤独，却害怕辜负。

一个人自在洒脱，不会随意地喜欢，好像也就无形中给自己筑起了厚厚的保护层，就像顾城说的那样："为了避免一切的结束，你拒绝了所有的开始。"

对感情太过慎重，却不代表他们不想爱，相反，他们的内心仿佛一座火山，不停积蓄着对爱的渴望。成熟的人心里很清楚自己会喜欢什么样的人，那个人的标准无比清晰，也就把其他所有人都排除在外了。

可孤独寂寞的时候，又多么羡慕那些爱得惊天动地的人，便忍不住劝自己，不如在大街上随意地找一个人来爱，不如趁着喝醉去跟那个暗恋许久的人告白，然后痛痛快快地失恋一下。痛彻心扉是一种警醒，提醒自己还有爱的能力。

一个人久了也会累，好怕一个人的坚不可摧，就快要忘了爱的感觉。

4/

考拉高傲地拒绝了所有其他人的告白，心里却卑微地喜欢着另一个人很久。

她本来是一个要求很多的人，有各种条条框框的限制。没办法，颜值高的人总是有特权。可老天爷多么公平，也总有一个人，让你爱而不得。

她就那样默默地待在他身边，不敢轻举妄动，做什么都小心翼翼。有的时候他好像离得很近，有的时候，他又好像从未走近过。

一个人的暗恋，仿佛一个人的表演，在心里完成了和他所有的爱恋，而他始终浑然不觉。

你还是一个人，一个人而已。

大多数的我们，都还继续是一个人，认真地等待那个还未出现的人。我没有东张西望，也没有去别人那里逛，一个人默默体会所有孤独的时刻。以前芝麻绿豆大点的事就多愁善感，如今可以一个人应付所有险恶，内心早已万马奔腾，脸上还一副云淡风轻。从害怕一个人，到享受一个人的孤独自在，这就是成长吧。

看着满大街来来往往的情侣，你有一点羡慕，又有一点庆幸自由。你忽然觉得自己像个大英雄，一个人熬过了所有的孤独，就不会那么依赖另一个人了吧？当那个人出现的时候，你可以跟自己说：

"我爱上他,不是因为怕寂寞,也不是为了找个伴,我是真的爱他这个人。"

可以享受一个人的生活,开心的时候就大笑,难过的时候就哭出来。你还没有出现,我就送花给自己,一个人去看电影,一个人过着安静、自在、简单不失趣味的生活。

练习一个人生活很久了,也还在等你,让我不再一个人。

感谢曾有你,做我平淡岁月里的星辰

> 也许最后,我们不可避免都要离开彼此去远行,正因如此,才要在离别之前,好好告别。

1

前几天登录《阴阳师》的游戏,进入阴阳寮,才发现会长名字的右边显示"罢免"。原来连续7天不登录,寮里的其他成员就可以罢免会长。

心里很是错愕了一下,没想到以前那么活跃的会长,有一天因为离开得太久被别人罢免。我点开会长的头像,进入他的空间,一切都没变,但留言板上多了几条这样的留言:

"会长会长,你去哪儿了?"

"会长你退游了吗?"

"第四天了,你还回来吗?"

……

问了寮里其他小伙伴,也都说不清楚。只是他早已退了游戏的Q群,我担心他出了什么事故,辗转问了好几个同寮,最后才得知,他恋爱了,就不玩游戏了。

还好还好，只是恋爱了，是好事，不是坏事。

"可能热恋期，女朋友看得紧，不让他玩游戏了吧，哈哈哈。"我们打趣地说道。

可是心里还是有点不开心。

我以为我们算得上是游戏里"出生入死"的伙伴，曾一起组队打怪，一起研究厮杀的阵容，一起讨论御魂技巧，被别人打得落花流水的时候，会长会一边调侃着安慰我们，一边没日没夜地升级肝狗粮养辅助……那时，寮里的小伙伴都很活跃，午夜两三点还有人在线刷御魂打石距。

虽然我玩游戏才四个多月，可每次跟别的小伙伴聊起《阴阳师》，我都会很骄傲地说："我们寮特别好，大家特别友爱。"

可我没想到，那么活跃的、热情的、好胜的、痞里痞气的会长，有一天会不告而别。

我知道这只是一个二次元游戏，在游戏里，我们不过是一个个没有生命的ID。可是，一想到那些ID背后都是一个个有情有义的小伙伴，便有了情谊。

狐狸对王子说："当你倾注了足够的时间，你就会对它滋生情感，并被它驯养。"

我想了想，跟游戏里一直组队打怪的队友发了一段文字：

"登陆游戏只需要一分钟，我希望如果有一天，你不玩游戏了，可以给我这最后一分钟,让我好好跟你告别。这是一个游戏,但对我来说,它从来都不只是一个游戏。"

小伙伴回复说:"好,我答应你。"

2

朋友问我:"为什么你那么在意一个游戏里的告别呢?"

其实不止是游戏,成长以后,现实生活中遇到的人,倘若最后难免分离,我都一定要和对方好好告别。

所有的遇见都一定有意义,不然茫茫人海里,没有早一秒,没有晚一秒,我们为何如此相遇。

在我内心深处,曾有一个人,没来得及好好道别,便再也无机会告别。

她就是田维,那个写《花田半亩》的姑娘,那个像花一样美丽的少女。那时MSN还没有退出中国,我在MSN空间写文字,写很稚嫩很天真的文字。非常偶然地,也极其意外地,读到田的文字,那么清丽脱俗,那么淡然自在,忍不住给她留言。

那时她还没有现在有名,那时她还只是语言大学梁晓声老师的一个普通学生,那时她还在跟病魔斗争。她常常来我的MSN空间留言,她说:"乔乔,等天气暖和了,等我身体好一些,我们一定要见上一面,去赏花,去游乐场啊……"

我就附和:"好呀好呀。"

我以为她只是小毛病，休养一下就会康复，因为她的字里行间全然没有那些颓废与绝望。我以为静静等过春天，夏天来了，我们就会安静地走在语言大学微风和煦的绿荫小路上……

　　可我没想到，那个夏天，一个雷雨交加的夜晚，她就永远地，离开了。

　　她MSN空间的日志永远停留在最后一篇，还有那张绚丽的摩天轮配图。许久以后，看到梁晓声老师牵线把田的所有文字集结出版了。

　　田的书卖得很好，那些年总能在榜单前列上看到，后来还上了央视的读书栏目。越来越多的人认识田，我很高兴，又很难过。

　　每次听到有人说读过田的文字，喜欢她的时候，我都会在心里默默地说："田，你看到了吗？大家都好喜欢你。"

　　可是，我们终究，没来得及见一面；甚至，也没来得及，认真道别。那时，把MSN空间里所有田的照片都存了下来，锁在一个叫"告别"的文件夹里，再也没打开过。

　　后来终于明白，也许最后，我们不可避免都要离开彼此去远行，正因如此，才要在离别之前，好好告别。

3╱

　　闺蜜樱桃曾对我说："感情里，最怕的不是不爱了，而是不清不楚，莫名其妙地分手。"

如今她的身边已经有彼此深爱的人陪伴，可是我知道，走出那段恋情，她几乎是死里逃生，然后才有了现在的脱胎换骨。

那是她的初恋，他们高中相识相爱，后来考大学的时候，一个去北方，一个去南方。

樱桃说："不如我们复读一年吧，死也要考到一个学校，怎么也要在一个城市。"

他捧起她的脸说："傻瓜，我们这么相爱，一千多公里又有何惧。"

听了他的话，她才安心。热恋中的人，总觉得自己一定是世上最例外最幸运的人，别人异地恋会分手，她却觉得他们一定会爱到最后。

四年来，他们攒下的火车票厚厚一沓，没有坐票的时候，也买过临时加车的站票，一路二三十个小时站过去；他打工赚了钱，舍不得让樱桃站，咬咬牙还给她买过软卧，那时对于穷学生来说，简直就是奢侈……

他们就这样恋爱着，隔着一千多公里，又辛苦又甜蜜。他们以为挨过四年，就会顺利地步入婚姻，成为彼此生命中的家人。

可是，那么难都挨过了，毕业后终于可以在一起了，他们的爱情却死在了日复一日的鸡毛蒜皮里，死在了一次又一次的吵架和冷战里，死在了彼此逐渐拉大的差距里……

她不相信他们的爱情死了,撞到他和另一个女人在一起的时候,他的眼睛里分明也有痛。

她问他:

"我们为什么会这样?

"你还爱我吗?你的承诺算数吗?

"你说过要给我一个家的,那些年的你,哪里去了?"

他再也不回复。他不说不爱她,他也不为自己争辩,他就这样沉默下去。

她的电话和短信一律不回,他把她拉黑了,他避而不见。

寒冷的深秋,樱桃站在他家的门口,等了一宿,求他给自己一个明确的结果,可是他却避而不见。

后来他去了另一个城市,他们再也没见过,对于他们,他从来没有正式说过分手,他也从来没有给过确切的理由。

在这个没有结局的故事里,少了一个认真的告别,那个舍不得离开的人,就一直待在原地,被回忆一次次凌迟。

樱桃找过他,通过所有认识的人打听他;樱桃给他所有的社交账号留言,发信息……可他像人间蒸发一样,消失了。

樱桃后来说:"我再也不恨他了,也终于放下,可如果时间重来,我多么希望他可以告诉我一个明确的分手理由。也就不枉,我们曾经那么相爱过。"

4

茫茫人海里，我们轻易就相识，年少时便以为，即使没有一个"再见"，也能在转身之后再见。

成长以后才明白，那时随意的再见，日后却再难相见；以为不过是一场分手，挥别一段恋情，后来才知道，我们错过的是一种人生，告别的是一辈子。

曾经世上最熟悉的两个人，如今成了陌生人。如果当初没有负气地不告而别，现在，会不会就不那么遗憾了？

如果，如果可以从时光里偷来一分钟，我多希望可以拥抱你，对你说："感谢生命里曾有过你，做我平淡岁月里的星辰。"

不再拥有的东西，教会我们忘记

> 不管一个人姿态多么不舍，多么悲痛欲绝，当他决定离开，就意味着他确定一件事——没有你他可以过得更好。在他两难的选择里，就算不舍，你也是被放弃的那个选择。

1/

经常有微信公号的读者会问我这样的问题：

"分手三个月了，可我还是会想起他，看他在朋友圈里跟现女友秀恩爱，就觉得是世界末日，什么都不想做，不想上班、不想吃饭、不想睡觉，我该怎么办？"

"告白第五次了，还是被拒绝，她说我是个好人，可我想问她，既然我那么好，为什么不喜欢我？"

"恋爱第三年了，最近一直在冷战，鸡毛蒜皮的小事也能吵翻天，我有点怀念以前天冷的时候，他把我的手揣到他口袋里，宠溺我的样子。"

你会有那种感觉吗，你眼睁睁看着一件原本属于自己的东西，在一点一点消解融化，最后消散在风中，任你怎样努力，也无法留住。

小格说她今天看到一段话，差点落泪：
"我去了我们最后一次见面的地方，
什么也没改变，
花园照管得很好，
喷泉喷射着它们惯常的稳定的水流；
没有迹象表明某事已经结束，
也没有什么教我学会忘记。"

年少的时候，看《恋爱的犀牛》，一遍遍大段背诵里面的台词，记忆深刻的这句"忘记是大多数人能做的唯一的事，但我决定不忘记！"

那是热血青春里对爱情的执拗与不甘。

可小格说："你看，我们渐渐就活到了，决定忘记的年纪。"

没有什么教我们学会忘记，可终于我们懂得，不再拥有的东西，你要学着忘记。

2/

世间别离，纷纷扰扰，却未必都有意义。

小格和前男友分手了，理由是前男友的父母不同意，因为小格是外地人。男朋友很为难地说："真的很对不起，老一辈人，可能还是有很重的门第观念，我还是喜欢你的，可是，我不能和你在一起了。"

前男友说得语气忧伤，小格的悲伤堵在心口，怎么都发泄不出来，回来后才哭了好几天。

她很哀伤，当初前男友追自己的时候，他可没说门第观念，假期带她去家里吃饭的时候，他的父母也没说门第观念，她笑着调侃自己："别难过啦，人家有皇位要继承呢，皇太后要给儿子选妃选后，怎么轮得到你？"

没多久，小格就得知前男友又恋爱了，但奇怪的是，他找的这个女朋友也不是本地的。

还没等小格去追问，她的同学们已经忍不住了。

因为分手后，大家都问他们怎么分手了，小格便如实相告。于是同学就去问她前男友："你新找的妹子也不是本地的啊，你家里人又不会同意，何必呢，将来还不得分手？"

哪知，前男友居然很无所谓地说："说我父母不同意，那不过是个借口，我只是不喜欢她了，女人啊，恋爱久了就爱管男人，恨不得像你妈，多可怕。我想分手，只能找个借口分手啊。"

这番说辞被旁边的另一个同学听到了，看不惯就告诉了小格实情。

得知真相的小格，真的可用"石化"两个字来形容，她没有想到自己在前男友的嘴里是这样的人，多讽刺。她还在念念不忘，以为像电影里演的那样，他们是被棒打鸳鸯，他始终是爱自己的，还在为两个人能在一起做着努力，却不知自己竟被嫌弃得如此不堪。

3/

小格很幻灭地问我：

"是不是，说了分别的人，不管多不舍，转身也就忘了？"

我点点头，补充了一句："所有分别都是认真的，忘记只是时间问题。"

忘了是从哪里听来的一句话，大意是：**不管一个人多么不舍，多么悲痛欲绝，当他决定离开，就意味着他确定一件事——没有你他可以过得更好。在他两难的选择里，就算不舍，你也是被放弃的那个选择。**

当你珍惜的东西，对方却不再珍重，说出的承诺也半途而废，他丢下你提前离开了，你还要一个人站在原地，守着你们的回忆，等他回来吗？

别傻了。

其实在道别说出口之前，他已经提前离开了你的人生，不如，你也忘了吧。

小格哭得泪眼婆娑，傻气地说："乔乔，你知道吗？以前我们吵架，不管吵得多么凶，说分手说得多么决绝，再怎么恶狠狠说出'再见'两个字，可我都知道，我们第二天还会见。但现在，不会了……以后都不会了。"

年轻时分手说的再见，大多数都是明天见。

可是成年人的分手啊，说了再见，就真的再也不见了。

那还留着回忆干吗呢？

活在回忆里，太累了。

不如去酒吧，干杯，一饮而尽。

直到有一天，你笑着说自己都忘了。可能也没有忘干净，想起来心还是会疼，但你知道，你在努力过得更好。

会有一天，你不疯不闹，只是感慨，爱过就好。

忍住100次找你的冲动，其实忍不住

> 答应我，要想尽一切办法，把你心里的那个人，留在你真实的人生中。

1/

有次，学姐苏苏感伤地同我说起她的一个梦，因为不久前受邀要给朋友当伴娘，那段时间她做了个梦，梦见自己跟前任和好了，还结婚了。

"梦境那么真实，以至于醒来的时候，呆呆地坐了几分钟，然后就好难过啊。"

曾经他们也聊过未来，将对方纳入过自己的人生。可是，终究敌不过现实种种，最后分手了。

父母不同意，双方争吵，互相都觉得对方应该多退让、多理解，可年轻时候的人们都那么固执，认定对方的妥协才是爱的证据。

渐渐就演变成了冷战。

感情就像睡前的饥饿，忍一忍就没有了。你曾是我想要的糖果，可渐渐地，我就不想要了。

苏苏说冷战的时候很绝望，那种绝望是，明明心里还是喜欢这个人，却触碰不到他，每天都要忍住100次找他的冲动，假装不想念。时间在等待中变得无比漫长，等两个人谁先忍不住，谁先主动妥协。

最后等来的不是妥协，不是和解，而是彻底地分开。冷战久了，想念变成习惯，不找他也变成习惯；渐渐失去找他的想法和情绪，就连假装寒暄的借口，也渐渐没有了。

苏苏不无伤感地说："其实多傻啊，喜欢一个人为什么要忍呢，我常常会想，如果当初把想说的话都说出来，把喜欢都表达出来，结果会不会不一样，至少不会像现在这么遗憾。"

2/

我也曾经有过那样的体会，所以亲密关系里我最痛恨的，不是吵架，不是三观不合，而是冷战。将关系冰冻，双方零交流，关系不继续，也不说放弃，僵持着，拖拉着。

其实选择冷战的人，一种是内心自卑，想要对方主动一点，来把控关系的节奏；另一种是对感情不负责任，僵持、拖着。

后来渐渐懂得，感情没有输赢，我不喜欢冷战，不想自己做一个感情里没有温度的人，不想要的爱情，继续不下去的关系，趁早放下，对两个人都好。

冷战是关系中最没有效力的，也是最无法解决问题的方法。

从最初的赌气，到后来的渐渐冷漠。

3/

昨天，好朋友M跟我说，他喜欢了很久的那个女生，终于答应和他在一起了。把他开心坏了，两个人还计划近期去旅行。

看着M兴奋的样子，真羡慕他。

他喜欢的那个女生，我也认识，很乖巧可爱，M是一个特别专情的人，事事都以她为重。他之前表白了几次，都被女生委婉地拒绝了，他不纠缠但也没放弃，还是在一旁默默陪伴。

"她有她的生活，我有我的生活，可一想到她，就觉得她填满了我的心。"

被拒绝，还能不放弃，坚持喜欢，应该就是真爱吧。

"觉得感情里没有那么多得失，或者说，很多时候要看淡得失，我就是喜欢她啊，我还没有放弃，那我就要继续，对她好，让她知道我的喜欢……当然不能让她觉得烦，不然就成纠缠了。其实我觉得只要女生不烦你，就有机会呀，我反正脸皮比较厚……"

喜欢她就告诉她啊，为什么要忍着憋着呢？M说他是最傻气的方式，可我觉得，这也是最真诚的方式。

4/

最近周末大家聚会，老约不上西瓜，听说她又恋爱了。

不知道这一次她的感情进展如何，在我眼里，她就是一个恋爱战士,她有句口头禅:"好男人只有两种,不是你的,就是别人的,遇到了就要赶紧抢!"

我特别羡慕她的那种热烈劲儿,不怕受伤,即便受伤也不失去爱的愿望。

在感情里,她从来不会迟疑,不会拖拖拉拉。"喜欢就是喜欢,不喜欢就分开,能在一起就好好相处,哪有那么多幺蛾子啊,作什么呢,感情会被作没的……"

喜欢你,想你,就要告诉你,不仅要告诉你,还要说三遍。

"我不像有些女生,明明喜欢一个人,却要忍住不主动去找对方,一定要等着对方来找自己,哈哈哈,好吧,我就是忍不住!"

前几天在朋友圈看到一个女生的话,她说:"成长就是我渐渐学会了对感情的掌控,可以控制自己喜欢一个人,也可以控制自己不喜欢一个人。"

这让我想到女生的日常减肥,控制体重真的很难,何况控制感情,那一定是对自己特别能下狠心的人。

可我觉得西瓜的话真的很可爱,遇到喜欢的人真的太难了,别忍着、别假装、别害怕,喜欢就去大胆喜欢啊。

如果你遇到一个人,见到他就会心跳加速,见不到时就会想他想得茶饭不思,答应我,要想尽一切办法,把你心里的那个人,留在你真实的人生中。

对你说晚安，多期待又心酸

> 明知道可能什么也等不到，可一颗心还是悬着、盼着，像一个无比虔诚的信徒。

1

"晚安"，咻的一声，两个字就从一个人的心里被发送到了另一个人的微信里。

黑暗中，手机屏幕的光亮，照着阿音的脸，面无表情。

阿音盯着手机看了一分钟，然后关了屏幕，窸窣地钻进被子里。

"不敢回看，左顾右盼不自然地暗自喜欢"，关屏幕之前，阿音点开陈粒的《小半》，戴着耳机，闭着眼睛，仿佛潜入无边黑夜的海里。

她仔细听着歌，陈粒的声音空荡又柔情，听了一会儿，阿音黑暗中摸索手机，按亮屏幕，什么都没有，她呆了一秒，不死心，开了屏幕，打开微信，还是什么都没有。

"他也许是睡了。"她想。

这是第八天。哦，不，已经过了午夜，应该是第九天了。

她和涛子分手了，是涛子提出来的："要不，我们还是分开一阵吧，我累了。"阿音不知道怎么回应，张了张嘴，到底什么也没说出来。

他们在一起才半年，平平淡淡的半年，没有什么荡气回肠、罗曼蒂克，也没有什么惊喜的礼物，和任性的旅行……阿音也不是没有撒娇提过，过生日、圣诞节的时候，自己期待一份浪漫和惊喜，可每次涛子都是淡淡地回一个字："好""嗯"，然后阿音就不知道怎么接话了。

是自己太无趣了吧？不是那种能给男人带去刺激、新鲜感的女人，就连做爱的时候，她也是压抑着一声不吭。她也想像片子里的女人那样，呻吟、乱叫，有一次她张张嘴发出了声音，把涛子吓了一跳。

有时她想，涛子喜欢自己什么呢，她几乎一无是处，每当这样想的时候，她也会自嘲："可明明也有人喜欢我啊，大概这就是在喜欢的人面前的一种自轻吧，觉得自己低到尘埃里。"

睡意汹涌地袭来，她最后看了一眼手机，还是空空如也。

她咧嘴笑了笑，黑暗中回荡着一声轻微的叹息。

对你说晚安，多期待又心酸，明知道可能什么也等不到，可一颗心还是悬着、盼着，像一个无比虔诚的信徒。

那人也许永远不会回复，也许下一秒，就回来了。

2

坐在靠窗的位子，阿音看着窗外的城市灯光如流水。

她想起曾在夜里跟涛子一起去看电影，天冷的时候，他把她的手攥在手心，她靠着他的肩膀一会儿就能睡着。半睡半醒的时候，才发现，涛子把厚厚的围巾取了下来，铺开，搭在她的身上。

他分明是一个温柔多情的人。

可阿音从来不敢问他究竟有多爱自己，怕他说真话，又怕他说假话。最后安慰自己"没关系啊，应该是喜欢的吧，不然怎么答应做我男朋友呢""就算没有那么喜欢，但至少，他让我可以喜欢他，我已经很开心了"。

她眯起眼睛，是什么时候开始关注他的呢？

那段时间因为工作需要，阿音每个周末都要泡在首都图书馆查资料，她注意到那个坐在靠窗位子的男人，周末两天他都在，一看就是一上午或一下午。

有一次，她抱着厚厚的资料，迎面撞上某个人，一抬头，居然是他。他有非常好看的眼睛，她便花痴了。"嗨，我对你有印象，你每个礼拜都来。"

"嗯。"他点点头，走了，留下阿音尴尬地撇撇嘴。"真是怪人。"她心想。

回去的路上，那双好看的眼睛，却怎么也挥之不去了。

相遇是很奇妙的，偌大的图书馆，唯独注意到他，谁能说得清，有没有另外一个谁，也是每个周末都在图书馆呢？可她只看到他。这就是缘分。

如果没有那一撞,她便不会记住他的眼睛,也就不会有后来的事。

所以阿音常常想,所有的一切都是命中注定吧,她喜欢他,主动追求他,告白,投怀送抱,她把所有男人该做的事,都做了。因为她知道,如果不这么做,他就会从她生命里溜走。

这真是一种很好的心态,所以即便分手了,她也没有歇斯底里。浮生若梦,遇到他,大抵不过是从别处借来一段情缘,到了时间,就要还回去。

3/

后来他总是冷冰冰的,可他也不是一直这样。他对自己也是有过温情的,至少在她看来是。

她主动接近他的时候,总是在微信上各种打扰他,看到什么冷知识,就发给他看,看到不错的文字也会发给他,到后来还有冷笑话、搞笑漫画……所有能搭上话的东西,她都一股脑儿发给他。

起初她发好多条,他才回一条。慢慢地,他的话也就多了。

很晚的时候,他说:"你该睡了。"她不依,还想跟他聊。"再陪我一会儿啊,白天在资料室感觉闷了,好不容易找到个人说会儿话。"

他回一个字:"乖。"

看着那个字,她仿佛顷刻就变成了一只乖巧的猫,"好吧,晚安。"

他又回一个:"乖。"

后来她想，也许是自己给他的印象就是"乖"吧，她从来对他百依百顺，他找她的时候，她都是随叫随到，回微信几乎都是秒回。

他应该知道她是喜欢他的吧，不然不会在她要离开的时候，他只说"别走"，她就真的没有走。他拿准了她不会拒绝，在他褪去她衣服的时候，她也没有反抗。

那是她第一次去他家。

一开始，她问他："我们这样算什么？"

他说："你想算什么？"

她说："那就做我男朋友吧。"

他说："好。"

4/

第二十三天。

"晚安，睡了吗？"屏幕上，只有她发出去的消息，他再也没有回复，仿佛消失了一般。

可每晚跟他说晚安，成了一种习惯。

阿音没有纠缠他，她只是想起他的时候，就不自觉地变成了一只乖巧的猫，她还渴望他再说一次"乖"。

就像有时我们做梦，梦到很美的梦境，醒来觉得还不够，于是闭上眼睛还想继续再梦一会儿。

有时她也会忍不住落泪，觉得自己这么爱他，何以遭他如此冷漠对待？可转念又觉得，全不过是自己活该。感情的事，从来都是一个愿打，一个愿挨。

也许他从来没爱过自己，她不过是在他寂寞的时候，适时地出现，在他需要陪伴的时候，刚好的消遣。

也许，自己对他的感情也不是爱情，她只是需要有个人来爱，而他刚好是被选中的那个人。区别在于，也许遇到别的人，不会像现在这么难受。就像她的前任，分手后，她就没那么伤心难过。

一边刷微博一边等，等什么，她也说不清楚。

突然她看到一句话："一个人终于离开，是因为他觉得，没有你，他可以过得更好。"

胸口仿佛被什么钝器重重地击打了一下，她翻开微信，那一条条"晚安"灼伤着她的心，烧得她脸红。她以为的深情，也许不过是自作多情。

迟疑了一秒，最后还是把他拉黑。

黑夜里，她以为自己应该悲痛欲绝地大哭，可是眼眶干涸，她只觉得困。

跌入梦境的时候，她梦见自己变成一条鱼，潜入深海里，在成千上万条鱼中，凭借微弱的磁波频率，寻找那个万分之一的同类。她觉得自己一定可以找到，虽然，海那么大。

5/

坐在公车窗户边，看着窗外日渐盎然的春意，阿音忽然在想，她需要的不是一个"对他说晚安"的人，而是一个和自己去满世界踏春的人。

是不需要隔着手机说晚安的人。

是晚睡他会佯装生气说"再不睡我打你屁屁"的人。

是你睡觉时，能踏踏实实搂在怀里，听到他均匀呼吸，还说着"别怕，有我在"的人。

别叹气呀，会让好运溜走的

> 人有时候会累，是因为承受了本不该自己承受的责任，越界做了本不该由自己负责的事。

1/

最近在负责一个重点项目，每天都忙得晕头转向。要和很多人沟通，对接许多细节，大家意见不统一时，还要能够分清主次尽快协调……这样一天下来几乎筋疲力尽。

而真正让人筋疲力尽的，很多时候并不是那些具体要执行的事务，因为我们都知道，事情就在那里，做一件少一件，其实并不复杂。

让我们感觉到疲惫的其实是，这一天的进度并没有推进多少，甚至有时修改N个方案后，大家竟觉得还是第一个方案最优。

似乎所有的付出与努力，都白费了，真叫人欲哭无泪。

关掉电脑时，才发现办公室里早就空无一人，苍白的灯光充盈着整个办公室，显得格外幽静，只听见电器运转的"刺啦"声。

这时就好想有张床，可以立刻躺倒，一头扎进软软的被窝里，美美地睡上一觉，什么都不管，什么都不顾，天塌下来也无动于衷。

"好累啊。"心里一个小人儿，悠悠地叹口气。

这时，耳边又会浮想起岚姐对我说过的话："别叹气呀，会让好运溜走的。"

瞬间，之前那个叹气的小人儿就仿佛满血复活了，元气满满，挥着拳头给自己加油："恩恩，继续努力，一切不好的都会过去的。"

2

"别叹气呀，会让好运溜走的。"这句话我一直记得。每当我遇到什么不顺心的事情，觉得无比迷茫沮丧的时候，就会想起这句话。

大二那年的暑假，学校让我们去书店进行门店实习。我舍近求远，选择了离家比较远的一个图书大卖场，岚姐是店里的组长，也是我的实习指导。

她年纪不大，因为工作早，已经有七八年的书店工作经验了。

那时年轻气盛，觉得实习机会难得，应该选择有挑战的任务。所以当岚姐让我去整理书店库房的时候，我自告奋勇请求岚姐带着我做导购。

"岚姐，我们暑期的实习任务就是了解读者逛书店的阅读习惯及需求，你看，要不直接让我从导购做起吧？"

岚姐起初不同意，说应该先从基础做起，但拗不过我，最后还是答应了。

第一次当导购，我特别有热情，在书店来回穿梭，积极地给读者介绍和推荐他们想要选择的图书,看着读者满意离开的背影,别提多有成就感了。一天下来,顾不上喝水、休息。因为说了太多话,嗓子有些哑,腿也因为站得太久,又肿又酸。

下班后,因为离家远,搭公交又站了一个多小时才到家。回到家时,感觉整个人都累垮了,直接倒在床上,一动也不想动。

第二天、第三天,工作的热情始终支撑着我,虽然很累,但我还在强撑着。

直到后来发生的一件事,像一盆冷水一样把我浇了个透凉。

我见有几个中学生在书架前选择复习书,便热心地走过去给她们介绍。她们要买的复习资料书店里暂时没货了,我便询问岚姐大概什么时候有货,岚姐说她需要跟经销商打电话确认一下。

没有得到确切的回复,几个学生面露难色,我便又积极地给她们推荐另外一本复习资料,在我详细的介绍下,她们也对那本复习书表示认可,然后去柜台付款买下了。

谁知第二天,她们又来了,这回是退书,说买回去后,老师说她们买错了。我这才知道,她们要买的书是老师统一要求的,自然很客气地给她们办理退书。

但我没料到的是,一个女孩不满地说:"你明知道我们要买的书没货,还让我们买这本,这书更贵一点,你是不是就为了多赚点钱?害得我们买错书。"

原来我的热心被人当成是"想多赚点钱"!我又生气又难过,正要辩解,岚姐走过来,手在我身上拍了拍:"乔乔,你先去忙别的,我来给她们退书。"

3

回到书店后面的小办公室,我忍不住哭了起来,觉得自己好委屈。

"明明我那么热心,她们要的书没有了,积极地给她们推荐另一本更好的资料,怎么到头来成了我唯利是图?

"我这是何必呢?一个实习那么拼命!明明可以去家附近的小书店,没什么顾客,吹着空调看着报,一天很快就混过去了。非要来这么大的卖场,一站一整天,累得半死。

"明明岚姐让你去整理库房,虽然是体力活,可多轻松啊,不用跟人打交道,看吧,被人误会了,其他同事还指不定怎么嘲笑你呢……"

我越想越难过,越哭越委屈。

不知什么时候,岚姐走到我身后,她安慰我:"怎么,被一个中学生的话弄哭了?不至于哈,她是无心说的。"

我点点头,又摇摇头,"岚姐,为什么明明是做自己喜欢的事,明明想要把事情做好,做起来也会这么累呢?"

岚姐笑着说:"你呀,做事情是很认真,但有时也用力过猛。你想,起初我是安排你从整理库房开始的,先从简单的东西上手,给自己一个成长的过程,而不是一上来就使大力气,难免会累。另外做导购,关键在于指导,是提出建议,而不是左右读者的选择。这次换书,你只需客观地跟她们说没有书了,至于要不要买新的,交由她们自己去决定。"

岚姐教会了我一个道理：人有时候会累，是因为承受了本不该自己承受的责任，越界做了本不该由自己负责的事。

说白了就是大包大揽，以为自己是超人，揽了许多事，也把事情的负面都归咎于自己，怎么能不累呢？

4

听岚姐说完，我似乎想通了许多，心里仿佛卸下了重担，轻松起来。

我擦掉眼泪，回去把那几个中学生退的书，搬到书架前。正准备重新放回去，一个老师模样的中年男人正巧看到我手里的书，推推眼镜说："小姑娘，给我看一下吧，学校推荐的复习书，好几家书店都没有，我来看看有没有可以替代的参考书，你手里这本我看好像还行。"

果真是一位老师，我看他挺感兴趣的，便把自己这几天对同类辅导书的分析和建议客观地反馈给了他；告诉他这本书的优点，也提到不足之处。说完后，老师认真点点头："谢谢你这么详细的建议，我再考虑一下。"

"好的，您慢慢看。"

后来那位老师经过评估后，竟选中了我推荐的那本复习书当他的班级参考书，一下子订购了几百本。店长特别表扬了我，岚姐也在一旁朝我表示祝贺。

"你看，之前你还哭鼻子呢，所以要我说啊，人在困难的时候，别叹气呀，会让好运溜走的，你看你多棒！"

5/

别叹气呀，会让好运溜走的。
别灰心呀，生活是有希望的。
别难过呀，总会峰回路转的。
…………

想起泰戈尔说的："云霾在黑暗中发愁，竟忘记了遮住太阳的就是它们自己。"

有时事情是否会往好的方向发展，全取决于你是否拥有一个好心态，能否及时调整自己的负面情绪。

一切不好的都会过去的，与其哭丧着脸去苦捱，不如笑着去面对它，尽你所能地把事情做好，脚踏实地地去解决问题，不逃避，不焦虑，事情就会朝好的方向发展。

没有理由就是要开心

> 和生活中无时无刻不在上演的小颓丧相比，成年人有时需要一点没有理由的天真，它会帮我们抵御一些现实的无奈和残酷。

1/

最近有点颓丧。

写文也不频繁，每每打开电脑，原先一堆萦绕在脑海里的想法，瞬间又不知跑去哪儿了，草草打下几行字，删删改改，情绪和思路就彻底没了。

索性关掉文档。

工作忙忙碌碌，生活无甚新鲜事，也没遇到什么特别值得开心的人，似乎连话也变少了，没有倾诉和表达欲。

运气这个东西呢，有时很诡异的，你越是不顺心，它越是挑准时机来整你。

比如，早上明明不会迟到，却因为电梯故障，被困几分钟。等你爬完楼梯气喘吁吁打上卡，还是迟到一分钟。

比如，临时因公务出门，你搭上地铁才发现充电宝忘记拿了，看着手机上显示还剩20%的电，心里懊丧不已。

比如，本来是跟小伙伴在吐槽，却一不小心把消息发到了公司大群里，撤回都来不及，你恨不得失忆几分钟。

比如，已经确定的方案，客户一个突发奇想居然要推翻之前所有的构思，你恨得咬牙切齿，还得陪着笑脸说"你好有创意啊"。

…………

每当这时，心里都有个悠悠的声音在喊："好丧哦！为什么偏偏是我，总遇到那些不开心的事？"

后来我想，"小确丧"也许就是成人世界的常态。

2/

楼下有个篮球场，一到傍晚，一群小屁孩就在球场上疯癫，笑声响彻空中，惊扰天边日渐垂下来的夜幕。

无比羡慕他们，小孩子真是无忧无虑。而成人的世界，似乎总是充斥着各种不开心和烦恼。小时候想要的东西很简单，无非是吃吃喝喝，而成人世界里想要的却复杂多了，一个真心的爱人、一份无忧的工作、一种稳定的生活……太难了，所以，总会遇到令人莫名其妙讨厌或不开心的人和事。

好在我是个没心没肺的人。

上一秒还在感叹"人活着究竟有什么意义呢？"下一秒，可能就欢脱地告诉自己"活着哪有那么多意义，如果有，就是今天多吃一盘又红又大的樱桃啊……"

几乎身边所有的小伙伴都说："乔，你有时真像个孩子，还没长大的孩子。"

以前听这话会不开心，以为是在说我不够成熟。

现在呢，我会把这话当成褒奖。

和生活中无时无刻不在上演的"小确丧"相比，成年人有时需要一点没有理由的天真，它会帮我们抵御一些现实的无奈和残酷。

3

几个月前莎莎失恋了，她也很是颓靡了一阵。

还是会想他。

搭地铁遇到背影跟他很像的人，就会忍不住回忆他曾经跟自己嘻嘻哈哈搭地铁，帮自己挡住拥挤的人群。

去便利店买东西，看到他最爱喝的冰啤，也会忍不住买上几听；长夜漫漫一个人喝醉，在意识模糊的深夜里，好想好想给他发个消息："睡了吗？"

没有办法开始新的恋情，接触的任何人，都会忍不住拿他相比。没他高、没他幽默、没他帅气、没他脾气好，比较中才发现，好像越来越爱他，可这个人，却不在身边了……

直到有一天莎莎从衣柜里拿出一件裙子穿上，腰身忽然紧了许多，才发现自己胖了。

她坐在床边，看着梳妆柜里的自己，号啕大哭。

没有人爱也罢，还胖了，这对一个女人来说，绝望极了。莫名地，仿佛连老天爷也在嘲笑她："你看，那个人离开得多明智，你不够好，配不上他。"

"我不要做一只没有人爱的蠢猪。"莎莎说，当时她脑海里只有这个念头。

莎莎立刻把冰箱里所有的零食和啤酒都扔掉，去超市买了新鲜的蔬菜和水果，给自己做了一顿正经的饭菜，好久没有被关照的胃，忽然觉得一桌子平常的菜也格外美味。

吃饱后，莎莎开始大扫除，整理他留下的东西，大到衣柜里的衣物，小到他落在书架上的名片夹、耳机和香水。所有他的东西都整理在一个大袋子里，叫上快递，寄到他的公司，一切交由他自己处理。

整个房间经过打扫后，焕然一新，仿佛一切都重新开始了。

莎莎开始调整饮食习惯，晚饭只吃水果，饭后在跑步机上跑一个小时；空闲时间不看肥皂剧，也不再听悲戚的情歌，强迫自己看英文原著，强迫自己出去约会。

慢慢地，好像摆脱掉了那种颓丧的状态，快乐一点点注入进来。

新买的鞋子真漂亮，显得脚部修长；体重计上的数字又降下来了，欣喜地给自己买了许多好看的裙子；之前觉得沉闷的约会对象，今晚忽然侃侃而谈，对他刮目相看……

莎莎说："那个不爱你的人离开了，是为了告诉我们，你需要找到更正确的让自己快乐的方法。"

对啊，成人世界本来就有那么多不开心，何况我们还经常在错的人和事上消磨，如此想想，我们真是太不快乐了。

有时不妨活得没心没肺一点，看开一些，放过自己，当你不去执着于必须牢牢抓住什么，你才会更平常心地看待得失。

4

有天看到山本文绪的一段话：

一直都是一个人，也就更擅长取悦自己，想要总是，总是保持一种"没有理由就开心"的状态，然而行走在人世间，却会有很多讨厌的东西落到头上。不过，因无聊的小事烦恼和摇摆，太浪费时间了。消耗体力也好，花费金钱也罢，我都要找回我的"没有理由就开心"。

霎时觉得这话说到了心里。

成人世界的刀光剑影那么多，而我们又还没有练就强大的内心，弱小的我们，很需要"没有理由就开心"的能力。

我管这叫傻开心，傻气一点，天真一点，呆萌一点，快乐也就多一点。

朋友圈里有个侍弄花草的小伙伴，每天都会更新好多唯美的照片，那些清新的田园风光，色彩绚丽的一簇簇鲜花，娇艳欲滴……让人好生羡慕。他说，不开心的时候，就去花田里逛逛，修修枝、除除草，便觉得人生再也没有比这更惬意的事，所有烦心事也不过尔尔。

是呢，给自己买一束花，起个大早看看静谧的蓝天，吃一份美味的早餐，去公园喂喂流浪猫狗，和许久不联系的老友约一次旅行……有时并不需要多大的力气营造一份剧烈的开心，只是一点小改变，一个勇于尝试的小开始，就能为你找回，没有理由就开心的天真。

孩童的开心是天性，成人的开心是一种能力，没有人有义务讨好你开心，也没有人有权利让你不开心，就让那些破事儿随风而散，从此刻起，开心起来。

第四篇
和一个能让你心安的人在一起

yusheng youni,
renjian zhide

- 你是我的一见钟情，也是日久生情
- 找一个能让你心安的人谈恋爱
- 那个费尽心思逗你笑的人
- 谈恋爱还是要找个愿意主动服软的
- 明明是你先动心，最后却是我动了情
- 爱对了人，运气都变得好起来

你是我的一见钟情，也是日久生情

好幸运，我爱的人，也是爱我的人。

1/

曾经以为爱情里有个永恒的困惑："一个是你爱的人，一个是爱你的人，你会怎么选？"

年少时很气盛地想过："当然要选我爱的那个啊，至于爱我的那个，如果我不爱他，他爱我又怎样？关我何事？"

后来爱过人，也被人爱过，尝过爱情里的苦楚，也就偷懒地想："被一个人专心地爱着，哪怕，自己不是那么爱他，幸福感应该也挺高的。"

再后来才明白，其实真正的爱，根本无需选择，你爱的那个人，他也必须爱你，这爱才能甜蜜长久。不然，就会有遗憾。爱情不在于选择，而是吸引，是命定的缘分。

曾经有人问："你会爱上一个一见钟情的人，还是日久生情的人？"

年少时觉得爱情不该那么肤浅，爱应该是爱对方的灵魂与思想，是抛去一切外在，去爱那个真实的人，所以觉得日久生情才是真心。

爱过几个人后，走过日复一日的争吵与厌倦、怀疑与妥协后，才明白，爱情其实是一瞬间发生的事，它不需要伏笔，也不需要铺陈。一见钟情，爱的不只是脸，更是灵魂之间迸发的吸引，对方的气味、磁场、能量都在吸引你。

而爱情要长久，要抵御住世事的消磨，除了一见钟情，更要日久生情。

顺子跟我说，他遇到了最美好的爱情，他一见钟情爱上的那个人，也对他一见钟情。两人相处下来，越来越爱。2017年的元旦，他们初次相见，30天后他们订婚。

他说，他从来没有想过，遇到命中注定的爱人，是这样的体验，一眼就知道是她，此生也只能是她。

2/

遇到琳琳之前，顺子相亲无数，也单恋过别人。就在两个月前，他还陷在一个情感困惑里。

他喜欢一个女孩，那女孩比他小很多，年龄与阅历的矛盾一下子显现。顺子喜欢她，想早点确定关系，然后顺其自然地步入婚姻，组建家庭；可是女孩还小，对于婚姻、家庭这一类的词，讳莫如深；对顺子也是不拒绝、不主动，淡然地接受顺子的一切付出。

顺子很困惑："爱一个人难道不是就想很快地和她在一起，然后开始美好的余生吗？"

可是女孩始终模棱两可，嘴上说和顺子做朋友，实际又给顺子希望。

临近年关，顺子很是苦恼，如果不和女孩确定下来，春节期间，七大姑八大姨肯定又要逼他各种相亲。"对于我这种二十八九岁的年纪，我还有机会遇到真爱吗？也许的确该抛弃一些幻想，现实地看待相亲。"

顺子虽然在家人安排下走马观花地相亲，但在他内心里，始终对爱情保留一份纯真的幻想之地，他多希望还是可以遇到那个真正爱的人。因为爱情而步入婚姻，而不是赤裸裸谈条件，像菜市场买菜一样，论斤两、还价钱。

他以为那女孩是他的真命天女。现在想来，也许那不过是临近春节，对相亲的恐慌，因而迫切地盲目地动心了。他急需一根稻草来挽救自己对相亲的焦虑。

3/

你相信吗？命中注定的相遇，一定会以你料想不到的方式出现。

春节的时候，顺子一方面很颓然，因为那姑娘一如既往地爱理不理；另一方面也很焦虑，在各种婚礼中赶场，亲眼目睹别人的幸福，还要被"你也该结婚啦""姑娘那么多别挑花眼了"的催婚声淹没……

作为适婚年龄的优质男，顺子也没少被各种介绍。参加一个亲戚的婚礼后，介绍人给他说了一个姑娘，名叫琳琳，说下午两人就可以见面聊聊。

对于这样过分急切、目的明确的见面，顺子本能地拒绝，巧的是，姑娘那天下午也没空。

可是注定会相见的人，迟早都会相遇。

介绍人把他们的联系方式给了对方。顺子像以往对待相亲对象那样，小心翼翼地给对方发了第一条信息，对方一夜未回。顺子想，也许对方没看上我呢，也就没多想。

第二天早上才收到回复，琳琳说她晚上睡得早。然后俩人加了微信后，才开始慢慢地聊天。

奇怪的是，一直内向的顺子，不知为何跟她总有聊不完的话题。也许寂寞的人总是不自觉地渴望被了解，后来他才意识到，是琳琳的温柔给了他抚慰，是说不出来的契合，给了他莫名的向往。

顺子的直觉觉得，琳琳是一个跟自己一样容易害羞的人，她是那样的恬静与温柔。

半个月后，两个人觉得互相熟悉得差不多了，于是约定见面。2017年元旦，天气晴好，两人相约在一个景点；湖光山色，很适合情侣约会。过程跟自己想象的无二，两人见了都很羞涩，小心翼翼，又无比地默契。顺子第一眼就喜欢上了她，喜欢她爱笑的样子，喜欢她安静的样子，喜欢她所有的样子。

时间过得很快，下午两人一起去看电影。电影院里，顺子头脑发热，不知道哪里来的勇气，拉起了她的手，然后不敢动也不敢放，一场电影下来，手心都是汗。

姑娘没有把手抽回去，顺子心里无比窃喜，也许，也许她也有一点喜欢自己呢。

4/

对的时间里，遇到对的人，一切都发展得那么顺利。总有一天，会有一个人走进你的生活，让你明白，为什么你和其他人都没有结果。因为，她是世间所有的美好。

顺子从没想过，通过相亲会遇到真爱，还是这样美好的相爱，他对她一见钟情，她对他也是。

他们是短途的异地恋，只能每个周末或者半个月见一次。他细心地记得她说过的所有爱好，记下她爱吃的食物和零食，每次开车去见她，后备箱里都会带着她喜欢吃的东西。

有天，琳琳开玩笑地说起北方的一种小吃：馓子。那天顺子恰好在北方的城市出差，听她说完，便细心地去寻。一个南方人，在不熟悉的城市里，找了半天，终于在一个大排档里找到琳琳说的馓子。

当天坐车带回给她，看她吃得开心，顺子心里别提多开心了。

这就是爱一个人吧，爱她就想把所有她想要的都给她，把所有自己觉得好的东西都给她。这就是爱情吧，她懂你的所有付出，知道你对她的心意，她爱你不仅仅因为你付出的爱，更是她发自内心本来的爱。

好的爱情是1+1，两个人都收获了双倍的爱和满满的甜蜜。

顺子说："你知道吗？她满足了我对爱情的所有幻想，她就是我要一起过一辈子的人。"于是在相遇30天后，两个人订了婚。

5/

顺子说："二十八九岁的时候，我以为只有相亲能拯救我了。可我现在明白，不管你什么年龄，不管你此刻多么心碎，你要相信，一定有一个属于你的人，在前方等着你，等你排除万难，坚定地往前走。"

当她来了，你便知道，爱情来了，你紧紧抓着她，把她看仔细。

我知道你会来，所以我等。

找一个能让你心安的人谈恋爱

> 一个让人无法心安的人,有时是因为,他本身就没有安下心来,他不知道自己要什么,他自己还浪着呢,你怎么能指望他在你这里栖息?那个让你心动的人,还要能让你心安。

1/

聚会的时候,闺蜜小欣聊到最近的情感经历,感触颇深地说:"谈恋爱啊,还是要找个能让你心安的人。"

要知道小欣是个外貌协会,以往的择偶标准只有一条,那就是帅,非帅哥根本入不了她的眼。小欣最近遇到的追求者就挺帅的,完全符合她的要求。

"他是长得挺帅的,人也很温柔,一起吃饭看电影的时候人也很风趣,情商很高,相处时让人感觉很舒服,我真的挺喜欢他的……"

"这很好啊,人帅又温柔,快把他拿下带来给我们看看。"大家起哄。

"但是……凡事啊一旦有个'但是',前面的所有优点,就都打了折扣。"小欣有些无奈地笑了笑。

"怎么了?"大家好奇地问。

"他很好，但却不止对我一个人好。他对我很温柔，也很关心，会问我吃饭了没，变天时会问我带伞没，周末约我吃喝玩乐，早安晚安问候得也很勤快，一切都很好。可是，当我知道，他还同时对其他女孩儿好的时候，我才明白，我只是他诸多备选之一。那种感觉很奇怪，我甚至会有意地告诉自己，不要喜欢他太多，不要陷太深，因为，我不知道他什么时候就跑了，这让我很没有安全感。"

听小欣说完，大家愤怒不已，纷纷斥责那个追求者是渣男。

2

"他要是个彻头彻尾的渣男，你也就不会纠结了，恰恰相反，他分明是个很优秀的人。可是一个优秀的人却让人无法心安，你无法确定自己是他的唯一选择，这才是让你难以抉择的地方。"

"你的意思是说，他太优秀了，可供他选择的余地和范围太广，我只是他诸多选项之一，竞争如此激烈，他不让人心安也是理所当然？"小欣疑惑地问。

"通常人们都会这么认为，所以才会有'人一旦有钱就变坏''优秀的人遇到的诱惑更多'等等看法。可我却觉得，一个让人无法心安的人，有时是因为，他本身就没有安下心来，他不知道自己要什么，他自己还浪荡着呢，你怎么能指望他在你这里栖息？"

我于是想起大鹏，他曾经很迷惑地问我："乔乔，我有时觉得自己挺花心的，见一个爱一个，那些甜言蜜语张口就来，轻易就动情。为什么我安不下心来，好好爱一个人？"

大鹏虽不是大帅哥，却是个很有才华的人，大高个儿，会唱歌，弹得一手好吉他，是校乐队的主唱，他一出场能迷死一堆女生。

这样头顶有光环的人，在尚且不够成熟，不知道自己要什么的时候，是危险的。

对大鹏来说，从高中时期开始对男女之间的爱慕有意识起，他就从没有缺过姑娘。投怀送抱的，他自己主动去追求的，很少有失手的时候。

"可是这些就是爱情吗？为什么那么多人爱我，可我却得不到我真心想爱的人？"大鹏无比颓丧地问。

原来，他在一次校园演出时，喜欢上了一个姑娘，叫小静。人如其名，她文静温柔，在其他姑娘疯狂大喊大叫的时候，她安安静静地站在一旁听他唱歌，崇拜地看着他。当他走向她的时候，她像只受惊的小鸟。

她身上有一种无比恬静的气质，吸引着他。大鹏对小静展开追求，没多久他们就在一起了。两个人度过了一段文艺浪漫的日子，用大鹏的话来说，小静是一个非常纯净又天真的人。"和她在一起真的很美好，可我却亲手毁了这份美好。"

和小静在一起后，大鹏稍微收敛了一些，但没过多久，他就又蠢蠢欲动了。有一次在后台，他和一个衣着性感的女生正亲得激烈，被来给他送水的小静撞个正着，小静哭着跑开了。

第一次大鹏费了好大的劲儿才把小静劝好，可没过多久，就有了第二次，第三次……最后小静心碎了，主动说了分手，把大鹏所有联系方式拖黑。

大鹏这才追悔莫及："她是一个好女孩儿，她和别人都不一样。"

最后大鹏说了一句让我印象深刻的话："一个没有安下心来的男人，不配谈恋爱，因为他不能给他爱的女人安全感。"

3

年少时，我们觉得谈恋爱要找一个高大帅气的，优秀有钱的；或者对自己温柔体贴的，听话服软的……可是爱过几个人后，我们才发现，这些有时并不是最重要的，因为"他很好，却不止对你一个人好"的人，并不是一个可以恋爱的良人。

一个没有安下心来的人，他不清楚自己要什么，所以他什么都想尝试，他的心在飘荡，居无定所。他喜欢你，却并没有想要在你这里停留。

一个没有安下心来的人，他的内心是不成熟的，面对诱惑他没有抗拒的能力。他不清楚什么最珍贵，也就不懂什么是可以舍弃的，什么是拼尽一切也必须坚守的。

一个没有安下心来的人，对未来是没有规划的，他只能看到眼前的绚烂和享受，他追求的是短暂的快乐，一时的刺激。他没有想过未来，更没有想过把你放进他的未来。

所以亲爱的，找一个能让你心安的人吧，唯有他坚定地想要和你在一起，为了你舍弃其他的可能，视你为最珍贵，愿意为了你去打拼一个未来。

那个让你心动的人，还要能让你心安，这样的人才适合谈恋爱。

那个费尽心思逗你笑的人

> 那个费尽心思逗你笑的人，终究比不上你一见面就开心的人。

1/

"被不喜欢的人喜欢是一种怎样的体验？"当竹子开玩笑地抛出这个问题时，大家都面面相觑。

感情的事，大抵如此：你不喜欢的人，喜欢你；你喜欢的人，不喜欢你。可人生在世，哪里有那么多你喜欢的人刚好也喜欢你，这样的幸运和圆满，真的不多见。

见大家不说话，竹子悠悠地接着说："虽然你不是很喜欢那个人，但你真的会完全拒绝吗？"

"会被当成备胎吧。"另一个小伙伴说，"他百般讨好你，虽然不是那么喜欢的人，可在寂寞的时候、无人倾诉的时候，你就会想起他，在你需要慰藉的时候他就会出现。可陪伴是短暂的，即便有过几次彻夜长谈，一起醉过酒，聊过梦想和过去，一切也只是过眼云烟。"

竹子苦笑一下："你是不是有过这样的经历？"

岂料，被小伙伴反将一军："你这么为难，是不是正在经历着？"

竹子点点头，"我好像正处在大家说的感情难题里，喜欢的人不喜欢我，我不喜欢的那个，偏偏喜欢我。我以为，我一定会毅然地拒绝他，和他保持距离，划清界限的。可事实是，当我难过的时候，尤其当我在喜欢的人那里碰壁的时候，我就会忍不住回头，看一眼他，寻求安慰，甚至还会搞一点小暧昧，我这样是不是不对？我好自责。"

被不喜欢的人喜欢，很感谢他的喜欢，也对不起他的喜欢。

2/

为什么尝试去喜欢一个不喜欢的人，心里会不开心，甚至有负罪感？

竹子说她喜欢的那个人，她大概不管怎么努力都得不到他的喜欢，因为他太优秀，身边围绕了太多爱慕他的人，她除非非常非常努力，才能换来他偶尔的一眼关注。

踮起脚尖，太久了，会累。

何况，身后还有一个眼巴巴盼着自己的人。

那个喜欢她的人，是个普普通通的人，热心善良，当然最主要的是，真心待她。会在她加班的时候，化身外卖小哥，绕过半个城市，为她送来她喜欢吃的龙利鱼；在她不开心的时候，变身开心果，给她讲冷笑话，发好玩的表情包；在天气转凉的时候，提醒她加衣，在刮风下雨的时候，为她撑伞……

他告白过，被婉拒，依旧默默做着这一切；情人节的时候，他给竹子订了玫瑰，怕她不收，还调侃自己："我找不到送花的人诶，你就当做好事咯，不要有太大的心理压力。"

他哪里都好，只是，她不那么喜欢他。

怎么会没有压力呢？被如此倍加小心地呵护着、爱慕着，她心里感激他，又对他心怀愧疚，也曾想过要不要试着喜欢他，默默地接受他付出的一切。

可每当这时候，她就会忍不住自我代入："如果你喜欢的那个人，最后只是因为对你心怀感激，而和你在一起，你会快乐吗？你会接受吗？"

她无数次这样询问自己，最后答案是，不会。

真心去爱一个人，就会想要被同等真诚地对待，哪怕是被拒绝，哪怕是受伤，但这一切都是真实的，也不想对方只是因为怜悯，而假装喜欢自己。

感情的事，从来无法退而求其次。

因此，每当那个人对自己很好很好的时候，每当自己忍不住萌生想尝试在一起的念头时，心里就会无比愧疚。己所不欲，勿施于人。

3/

　　但人性里都有自私和虚伪的一面吧？她做不到喜欢他，又舍不得拒绝他。

　　有一部分是因为女人的虚荣，在面对喜欢的人却爱而不得时，至少还有一个安慰："不管怎样，我还被一个人喜欢着，至少我不是那么一无是处，我不是那么孤独地存在着。"

　　还有一部分原因，是出于真的不忍心直言拒绝。她也是一个痴心等待的人，她远远地，默默地，喜欢着那个得不到的人，她愿意去做一切，只要他能看自己一眼，只要他是因为自己而开心一笑。

　　因为自己是这样喜欢别人的，正如那个人，也是这样喜欢自己的。于是在拒绝的时候，便使不出十分的决心，说不出狠话，好像那每一句都是在说给自己听。

　　就这样默默地接受他的喜欢，在伤心难过的时候，找他寻求安慰，久而久之，好像就成了暧昧。虽然你并不想承认，可事实就是这样，每当喜欢的人需要自己的时候，好像自己多一点希望的时候，你就会不顾一切地出现在他身边，竭尽所能，讨他欢心。

　　你可知道，当你讨好一个人的时候，也意味着，你冷落了另一个人。

　　可感情经不起反复，最后我们都明白，没有人真的想做一个搞暧昧的人。因为我们想被真心喜欢，也就无比感慨地脱口而出，说出那句早就想说的话："你别等我了，我也在等别人。"

4

有的人终究是等不来，我们永远无法在飞机场等来一艘船。

毕竟，那个费尽心思逗你笑的人，终究比不上你一见面就开心的人。

你喜欢的人，就算不喜欢你，但只要跟你多聊一句话，你都会开心得不行；而你不喜欢的人，他再怎么喜欢你，哪怕和你聊了一百句一万句，你也不会真的开心。多么残酷的真相！

所以，被不喜欢的人喜欢着，是一种什么样的体验呢？

也许一开始内心会有起伏，也许还曾幻想过在一起的可能性，也许也曾负气任性地拒绝过。最后，终于在一次次反复之后，心越来越安静，越来越明白：得不到的，你怎么也要不到；不想要的，得到又如何？

天底下伤心事那么多，又何必纠结在"得不到"和"不想要"之中呢？

不如，统统抛到脑后，都不要了，能把我怎样？

不如换个人从头喜欢吧，清清白白地去爱，简简单单地去喜欢。你喜欢的人，正好也喜欢你，这样的概率很小，可这却是爱情。

我们想要的爱情不过是：人山人海里，最美的风景在眼前，而身边，刚好有你。

谈恋爱还是要找个愿意主动服软的

> 在乎你的人，他会主动让步；而一个不在乎你的人，他永远学不会让步。

1/

下午跟闺蜜菜菜逛街，聊到一个话题：如果同时有两个人，前提是你对他们有好感，在追求你，你会选择哪一个？

我想了想说："我可能会选择在闹别扭之后，那个比较能主动服软的人。"

我猜到菜菜会这么问的原因，应该就是她正在面临这样的抉择。

果不其然。

同时有两个男生在追求菜菜。

一个性格温柔，事事以菜菜为先，每天都有早安晚安，天冷下雨也会提前提醒菜菜加衣带伞；另一个呢，没那么事无巨细，属于比较爱玩、大大咧咧、幽默阳光型，会拉着菜菜周末串胡同，打一下午游戏，然后晚上去酒吧喝酒的那种类型。

菜菜说："讲真，我其实更喜欢第二个人。少女谈恋爱嘛，想要的就是好玩浪漫，新鲜刺激，他都能满足我。可是几天前发生了一件事，让我突然有了改观。"

原来是两个人都约好周末要去看演出，男生提前把票买好了。

本来是很开开心心的约会，可是谁知道菜菜周末临时要加班，在外面吃中午饭的时候，被老板一个电话，call回办公室处理紧急事情。

菜菜没办法，只好给男生打电话，说下午的演出没法去看了。

男生有点生气，菜菜从男生的语气中能听出来。但是也没办法，事出有因，只能等办完事情后，去找男生弥补。

可谁知道，那之后，男生就有点冷淡了，像是开启了冷战模式。菜菜找他，他说话也不咸不淡的，菜菜主动说明了缘由，男生悠悠地丢了一句："是啊，你工作比我重要。"

菜菜觉得很委屈："我一个上班族，老板打电话找我，我能不去吗？何况是一个重要的项目，我作为环节负责人，必须要去救场啊，这是负责。"

不过，菜菜也知道那场演出是男生期待很久的，他一直说要带她去看，她知道，他是在乎自己的，他生气她也是理解的。于是她说："我给你送礼物啊！""我请你吃饭啊！""我带你去游乐场啊！"……可男生不知怎么，就是态度淡淡的。

不几天，北京降温，菜菜感冒了，她本来想装个小可怜，看看男生能不能来怜惜一下自己。可男生居然说："感冒了那你去医院吧，吃药才能好得快。"语气依然生硬得很。

菜菜瞬间就在心里把他淘汰了。

另一个男生得知菜菜感冒了，请假来家里给她熬粥，带她去医院，楼上楼下地拿药，陪她打点滴。

菜菜说，女人在生病的时候是最容易被感动的。她说："谈恋爱啊，幼稚的恋爱是你要和他一起疯一起玩儿一起肆无忌惮，可是，爱情不可能每时每刻都那样，你还是会渴望有人温柔地对你，愿意不管怎样都哄着你，包容你。"

谈恋爱不是玩游戏，也不是为了世界大战，两个人走到一起，是因为开心，是出于彼此欣赏与吸引。面对喜欢的人，两个人里总要有个人主动低头和服软。

该认怂的时候就认怂，别人已经给了台阶的时候，就顺道而下，而不是还任性地争强好胜。

在乎你的人，他会主动让步；而一个不在乎你的人，他永远学不会让步。

所以啊，谈恋爱还是要找个能主动服软的。

2/

"以前会觉得那种妻管严，对老婆服软的男人很没用，现在不这么看了，他不是没个性，也不是没脾气，而是他在喜欢的人面前，甘愿主动低头，那是因为爱。所以输赢不重要，所以不在乎高低。但那个不肯服软的人，他更在乎输赢，不那么在意你是否伤心。"

菜菜扬起脸，笑着说："我和那个男生渐渐走得近了之后，之前那个赌气的男生又反过来找我了，他也不说抱歉，也不提之前跟我赌气的事儿,就好像什么都没发生过。他来找我玩儿,可我忽然就失去了之前的兴致。"

虽然两个人的相处没有对错,但两个人要长久在一起,要磨合得更好,需注意吵架的时候,冷战不是办法,假装一切没发生是解决不了问题的,总要有人先低头。

"他更在意他的自尊,这件事的始末,给我的感觉是,他以自己的高姿态,让我觉得自己做错了,欠他一份情,所以要弥补他。可是我又错在哪里呢?"

爱情里本就没有公平,也没有那么分明的对错。很多时候不过就是开个玩笑,认个怂,服个软,事情就能消解,而不是跟你争论不休,计较个不停。

真正谈恋爱,没有人会去锱铢必较,服软是个姿态,好的爱情里,另一个人会懂得你的服软,并珍惜你。

嗨,亲爱的,我们不要剑拔弩张好吗?如果喜欢我,请霸道地把我抱在怀里,我想要被举高高被宠爱。

明明是你先动心，最后却是我动了情

> 给爱情一点时间，喜欢的会越喜欢，不喜欢的，最后也会转身。

1/

小白在微信上问我：

"乔乔，你有没有遇到过这样的人？明明是他先说喜欢你的，可是处着处着，他就淡了，可你却陷进去了？"

"说吧，是不是喜欢上什么人了？"

小白说："明明是他先动心，最后却是我动了情。"

小白是我在玩《阴阳师》时认识的小伙伴。那时我们级别都不高，三十几级，升级打怪都要抱大佬的大腿，有大佬带着才不会被怪打死，所以我们都有各自的固定队友。小白的队友，是她在寮里招募的，这家伙也是心术不正，招募时喊话："本人美女一枚，诚心求大佬组合。"

"喂，为什么要摆出美女的标签，你就不怕被骗啊。"我提醒她。

"没事，玩游戏，顺带招个男朋友。"小白不以为意。

还蛮意外的，虽然小白打着美女的旗号，但响应的人却不多。毕竟游戏里打着美女旗号的人多了去了,大家见怪不怪,什么美女,不会真人是个汉子吧?

当然还是有不少人私信小白,但小白选中了顾里,因为他斗技(游戏术语,类似于比武切磋)分最高,"这是个货真价实的大佬诶。"

顾里答应跟小白组合,前提是"互加微信吧,我要验明正身"。看了小白的照片后,顾里就花痴了:"呀,小姐姐真漂亮。"

果然,这是个看脸的世界。

2/

现实生活中追小白的人也不少,所以顾里的反应,她一点也不意外。

组合之后,顾里尽一切所能地带着小白刷怪升级,还教她怎么配御魂,怎么搭配阵容……当然除此之外,也总是找机会跟小白各种闲聊,给她讲笑话,逗她开心,叫她小徒弟。

小白呢,也就"傻白甜"地喊顾里"师父""上神",把自己代入成花千骨和白浅,想象着跟顾里上演一段师徒恋。这个时候,她还是玩玩的,她说:"游戏里的组合谁会当真啦,游戏和现实不一样的。"

可是我们都忘了,大脑是最佳的催情器。当你开始幻想,设定跟他在一起的剧情,你就开始动情了。

3/

"乔乔,顾里说要约我见面,我要不要见?"

"不要见,你不是说游戏和现实不是一回事吗?"

"乔乔,我们见面啦,顾里其实长得还蛮帅的嘞。"一周后小白雀跃地在微信上跟我说。

"乔乔,顾里说他喜欢我,说从一开始就喜欢我。"

"你长得那么美,不喜欢你也很难啊,所以,那又怎么样?"

"没事,我只是觉得,哇塞,大佬喜欢我诶。"

"拜托,那是游戏里啦,游戏里他是大佬,现实生活中也许他人品有问题呢?"

"怎么办,乔乔,我好像有一点喜欢他了。"某一天小白在微信上这么跟我说,其实说真的,我早就料到会这样了。

后来呢,剧情发展就有一点"狗血"了。

顾里自然是表白了,说喜欢小白,要小白做他女朋友。小白呢,有一点迟疑:"我们相识于游戏,对彼此都不是很了解,要不再多了解一下吧。"

说到底,女生对于感情还是更谨慎些,虽然是一场游戏开始的缘分,但关于爱情,谁都不想游戏。

顾里告白后,小白好像就一点点更喜欢他了。

可是,大概男人跟女人的构造是相反的,顾里告白后,没有得到小白的答案,就渐渐变得冷淡了。虽然还一起组合打怪,但在群里聊天时,顾里总有意无意地撩别的妹子玩家。后来,他索性打破原来的二人组合，拉了一个新玩家组三人组合。

小白很伤心，她跑去问顾里："为什么多了一个人？"

顾里回她："我也不愿意啊，是她求着我组合的啊，反正两个人打怪也是打，多一个人也无妨。"

小白竟然无法反驳。

4/

然而，小白还是感觉出一切都变了。

有时打怪，小白上线晚了，顾里就和那个妹子先打任务了，让小白落单。搁在以前，顾里会一直在线等着小白。

组队的时候，他们俩聊得火热，小白在一旁静静地，看着他们打情骂俏。可是以前，顾里想方设法讨好的那个人，是她。

…………

小白生气了："你不是说喜欢我吗？可我怎么觉得，你现在根本喜欢的是别人？你俩组合好了，我不玩了。"

小白本以为顾里会来求饶，可是他没有。反而是更堂而皇之地跟另一个妹子组起了二人组合，把小白抛弃了。

小白很难过，把《阴阳师》删了。

5/

虽然是一场游戏，但看得出来，小白还是受伤了。"为什么明明是他们先动心的，最后说不喜欢的也是他们？"小白苦苦地问。

这个问题，很多女生读者也经常问我："乔乔，他劈腿了，他说他喜欢别人了，可是当初明明是他先追的我啊。"

是不是现在的爱情变化太快，就像龙卷风？

也许是男女情感模式不一样的原因。男人习惯主动出击，遇到喜欢的目标，就会直接表达出来，明明只是动了心，三分好感夸张成爱。他们的示爱多半比较夸张，就像动物世界里的求偶，雄性动物要在雌性面前大肆表演，才能赢得雌性的青睐。

可是女生不一样，女生遇到喜欢的目标，却习惯性地观察和求证，宁愿猜测，宁愿患得患失，也不会去主动表达；有时甚至已经很喜欢了，还在那里以朋友的身份相处。她们的感情模式是抑制的。

因此矛盾就发生了：有的男生示爱却没有得到回应后，稍微休整一下，就可以很洒脱地寻找下一个目标。因为他们口中的爱，不过只是好感；可女生呢，当男生告白后，她反而会越来越喜欢他，不断地给感情加码，最后男生已经转身了，可女生却放不下了。

6/

"那男生也太善变了，所以他告白的时候，我就要答应吗？"

非也。

说到底，男生女生情感模式的差异，是为了让我们更好地理解"喜欢"和"爱"的差别。

当男生说喜欢你的时候，或许，你可以稍微压一压期待，他说的喜欢，可能只是有了一点好感。

当他告白，要你做他女朋友的时候，如果你也喜欢他，当然可以答应；如果你还不是那么确定要不要答应的话，不妨再给自己一点时间，告诉他："我也对你有好感，但我们都还需要一点时间。"

事实多半是：给爱情一点时间，喜欢的会越喜欢，不喜欢的，最后也会转身。

那个说喜欢又离开的人，就不要惋惜了。

他的喜欢那么短暂，又廉价，你确定是你真的想要的吗？

爱对了人，运气都变得好起来

> 那个对的人，一定是跟你气场相合，两个人相处起来频率一致，彼此互相吸引，而不是各自别扭。

1/

曾听人说："当你爱对了人，就会越来越美。"

以前觉得这是一句玩笑话，现在越来越信了。

闺蜜阿鹿本就是肤白貌美的可人儿，如今更是面色红润，光彩照人。被她拖着在商场里上上下下逛了好几趟，我已经累瘫了，她还精神抖擞地买买买。

问她是不是有什么好事发生？

她笑嘻嘻地说："诶，你别说，我最近真是好运到爆，前段时间完成一个项目，现在收益出奇地好，公司要给我发奖金呢；之前参加的资格考试，我也过了；下个月要去台湾旅行，本来我们看上的旅店已经没房间了，谁知道后来大伟找到另外一家交通更便捷的旅店……"

"好棒哦，运气这么赞，你和大伟可以好好玩一下啦。真好，看到你现在这样，真替你开心。"

"是啊,想想一年前的我,真觉得自己那时好傻。"阿鹿喃喃地说。

2

一年前,其实也没有很久,但跟现在的阿鹿相比,却是判若两人。

那时,阿鹿还跟前任在一起,濒临分手的边缘。她每天活在自我怀疑和自我否定中,"我是不是不够好,所以他才不那么喜欢我了?"

阿鹿的前任有阵子总是频繁加班,她觉得不对劲。一次,前任的朋友圈里发了一张同事们聚会的照片,前任和一个女同事站在一起,虽无亲密举动,但女人的第六感告诉阿鹿,那个女同事大概就是他们感情变坏的原因。

后来果然被阿鹿当面撞见,前任谎称加班,其实是跟女同事在酒吧喝酒,天底下简直想不出还有比这更巧的烂糟事。

"你知道遇到渣男最大的伤害是什么吗?不是浪费感情,而是对自己的否定。和前任在一起,我总是不自信,找不到安心的感觉。

"我会忍不住翻他的手机,看他的微信聊天记录,还会查他的短信和电话记录,像个小偷一样。总担心他会跟别人搞暧昧,会和别人聊骚,会被别人勾搭走,疑神疑鬼……本来我脾气挺温和的,和他在一起后,两人就老吵架、冷战,都是为一些鸡毛蒜皮的小事,那时的我肯定不好看。

"有一回我逛商场买裙子,分明是很喜欢的裙子,试穿出来,问他好不好看,他看了一眼说,腰那里紧了吧。我当时就脸上发烫,他是嫌我胖吗?当下就把裙子换了,跟他又吵了一架。

"工作上升职加薪跟我无关,他老觉得我笨手笨脚,什么都做不好,我也就索性没什么积极性了,业余时间上网看剧玩游戏,外加跟他吵架……那时的日子过得真荒废。"

阿鹿絮絮叨叨地说了许多。

我想,很多人也都有这样的体会吧:和一个不对的人在一起,不管做什么,好像都挺别扭的。你想迎合对方,又心有不甘,你畅想美好的未来,心里却在发虚,日子过得一点也不开心,未来都是渺茫的。

心里发慌、焦虑、没有安全感、定不下心来,跟人相处像只刺猬。感情不和,看似只影响了感情,其实影响了整个人的气场,牵一发动全身。

情感不佳,首先影响的就是气色、性格跟脾气,然后会影响你的人际交往跟工作。心情不好,不够自信,也没有积极性,日子可不就胡着来,混着过嘛。好像什么都乱成一团糟,没有顺心的事,霉运连连。

3

所以那句话说得没错:遇到错的人,会让你失去全世界;对的人,会给你打开一个全新的世界。

阿鹿到底还是跟前任分手了,然后遇到了大伟。大伟喜欢阿鹿,对阿鹿的真心所有人都看在眼里,阿鹿自己心里也分明。

一个真心喜欢你的人，在他眼里，你就是最好的，最棒的，在他那里，你总是莫名地觉得自信，觉得什么来了也不用怕，心里有个声音会告诉你："有他在呢。"就是这种安心的感觉。

阿鹿在前任的影响下，在工作上本来是个没有上进心的人。有一次，阿鹿不经意在大伟面前提到工作，出乎意料，大伟居然积极鼓励阿鹿去争取，去试一试。

"本来我只是那么一提，他却觉得我行，然后我就想，那试试就试试。"

大伟可不是就那么随口说一句不痛不痒的鼓励哦，他是陪着阿鹿一起，给阿鹿出谋划策，站在行外人的视角，给阿鹿提供最客观的用户体验，还查阅了很多资料，给阿鹿当参谋。后来那个项目，阿鹿小有成绩，让公司的领导对她从此刮目相看。

和大伟在一起，阿鹿从来不用偷偷查他的手机和聊天记录，她想的都是今天要做什么好吃的，周末要和大伟去看什么展览，假期可以去哪里旅行……

以前周末阿鹿要去看艺术展，前任都很不屑，"那有什么好看的，高深看不懂的玩意，就被你们称为艺术啦！"但现在，每个周末大伟比阿鹿更积极地搜刮各种艺术展，因为他俩兴趣爱好一样，这才是志趣相投啊。

业余时间，大伟也会敦促阿鹿多看书多学习，阿鹿再也不看无聊的偶像剧和打怪兽了，晚上他俩约定看书学习两个小时，然后再休闲娱乐。

"以前我总觉得晚上,看剧、打游戏还没一会儿就要睡了,现在呢,我们看完书还可以跑会儿步,看个电影……觉得这样的日子才充实啊。"

4

那个对的人,一定是跟你气场相合,两个人相处起来频率一致,趣味相投,彼此互相吸引,而不是各自别扭。

爱对了人,好运连连。现在的阿鹿,人变得更美了,工作上升职加薪,人缘也变好了许多,爱学习、有上进心,说话做事都自信满满的,再也不是那个爱抱怨、丧气悲观的阿鹿了。

爱错了人,诸事不顺。其实也不是那个错的人在阻碍你,是你自己在跟自己别扭,你心里知道因为没有得到足够多的爱,没有得到足够多的认可与支持,你想跟他要,你在心里问自己:"他为什么不爱我,为什么觉得我不好?""为什么我不值得被爱呢?"你想要得到更多爱,可他不给,你于是跟自己闹别扭。所有的诸事不顺,都是你在跟自己赌气,在跟自己较劲。

和对的人在一起,只想着变得更好,鸡毛蒜皮的小事,都顾不上了,也懒得计较,爱谁谁吧。心里眼里只有爱的人,只想一起打拼把日子过好,霉运也就被驱散了,好运就跟着来了。

有没有爱对人,看你的气场就知道了,你的好运也会告诉你。

第五篇
爱情里其实没有什么相欠

yusheng youni,
renjian zhide

◆ 不主动联系你的人，比你想象中更不爱你
◆ 爱情里其实没有什么相欠
◆ 谈恋爱时，你最爱问对方什么问题？
◆ 别太喜欢我，我会不喜欢你的
◆ 你不想恋爱的理由
◆ 为什么不能同时喜欢好几个人？
◆ 我们越来越不会好好谈恋爱了
◆ 不喜欢的就拒绝，不要暧昧

不主动联系你的人，比你想象中更不爱你

> 时间是一个人最宝贵的东西，判断他喜不喜欢你，有多喜欢你，就看他愿意在你身上花多少时间。而一个不主动联系你的人，他一定没那么喜欢你。

1/

露露问我："男朋友对你忽冷忽热，不怎么联系你，女朋友应该表示体谅吗？"

我皱皱眉头，心想这个要分情况吧。"如果是工作很忙，开会开一上午或一下午的话，就真的没有办法及时回复啊，但只要有空了，就会立刻回复对方吧。"

露露长吐一口气，有点迟疑。

"他最近都不怎么主动联系我，经常是我给他发好几条微信，他才回几个字，然后人就没影了。

"我约他出来吃饭，他都说忙。我表示不开心了，他就说我不够体谅他，在胡搅蛮缠。

"可是，如果约去他家，见面又很好，对人很温柔，可分开了就又老样子，忽冷忽热。"

"我觉得……"露露有点犹豫,但最后还是说出了她的想法,"我觉得我好像成了一个很卑微的存在,是他召之即来挥之即去的免费炮友。"

露露脸上是痛苦的表情,没有哪个女朋友愿意承认这样的真相。

"如果他不喜欢我,为什么不直接分手,要这么痛苦地拖着呢?"露露问。

"如果你已经感觉到他不喜欢你,为什么你没有胆量先放弃这段感情呢?还要等到他来宣判你的去留以及这段感情的生死?"我直言不讳,"你还是抱有希望的吧?"

"我总是安慰自己,他只是这段时间太忙了,可是他到底在忙什么我也不知道,别人都上班,别人也忙啊,不也照样恋爱?我不知道,我好矛盾啊。"露露抬起头,眨巴着眼睛,让眼泪往回流。

2

喜欢一个人是什么表现呢?

就是会像个话痨一样吧,不停地出现在他面前,唠唠叨叨说个不停;会想要霸占他的时间,侵占他的世界,让他习惯有你,然后慢慢依赖你,最后离不开你。你一不出现,他就觉得世界里好像缺少了点什么。

时间是一个人最宝贵的东西,判断他喜不喜欢你,有多喜欢你,就看他愿意在你身上花多少时间。

而一个不主动联系你的人,他一定没那么喜欢你。

想起一个读者跟我说过她暗恋的经历。

大学里她暗恋一个学长,他们是一个话剧社的。

女生总是不停地找机会,制造条件主动去找他,一来提升好感,增加互动;二来也增加彼此了解对方的机会。

但男生似乎反应有点迟缓。

有一次女生给男生打电话,请教一个场景的表演。男生说那会儿有急事,晚一点会给她回电话。

女生应允,然后就一直守着手机,傻傻地等着回复。

刷牙洗漱带着手机,上厕所带着手机,可手机一直没响。过一会儿她就会忍不住查看手机是不是静音了,要不就是手机出问题了,或者他给自己发微信了……但什么都没有。

等到后来宿舍熄灯了,她抱着手机睡着了。第二天醒来,依然没有一个电话和一个微信。女生好失落。

排练见面的时候,女生鼓起勇气去问男生:"你昨天不是说要给我回电话吗?"

男生很随意地说:"啊,不好意思,我后来一忙就给忘记了,等想起来的时候,已经很晚了,想着今天排练能见到,就没再打扰你。"

女生告诉我:"听到那些特别客套熟悉的说辞,我就知道,他一定不喜欢我,这一切都不过是借口。现在通讯这么发达,发个微信打个电话的事儿，举手之劳，那个人却不愿意做，他根本不在乎你有没有在等他，也不在意你是不是在熬夜等一个回复。他比我想象中的，更不喜欢我。"

3/

最后那句话，听得让人心疼。

然后我想到自己，也曾经很傻地，在QQ上等一个人上线，等到很晚。就因为他中途说有事要离开一下。

那些不喜欢你的人，他们说的离开一下，就消失了。

他们说的再联系，就再也没有联系。

他们说的有机会下次，下次永远也不会到来。

你会发现，你们的关系脆弱得如同蝉翼，全靠你一个人主动和努力，才能维持得那么艰难。

主动久了会累，当你决定不主动的时候，你们的关系也就彻底走不下去了。你才发现原来不过是自己一厢情愿。

累了就算了吧。那个从来不主动的人，他不是不会主动，他只是对你不主动，他只是不喜欢你，所以才忽视你，所以才根本不在意你。

一个人死缠烂打的样子，真的很掉价。

不如收拾起你的笑容和热情，等一个更值得的人，他会懂你的全部努力和小心翼翼。

当他知道你在等他的时候，他会跑着向你奔去。

爱情里其实没有什么相欠

> 被一个人深爱着，可你不爱他，也并不亏欠他。

1/

有天，蛋挞问我："如果有一个人很喜欢你，可你又不怎么喜欢她，但你们因为工作关系还得每天见面，你会怎么办？"

"就当普通同事咯，还能怎么办？"我很干脆地回答。

"可是她很喜欢你啊，关注你、仰慕你、对你温柔……这怎么当普通同事？"蛋挞露出为难的神色。

"她喜欢我是她自己乐意啊，又不是我求着她喜欢我的，我还不想她喜欢我呢，毕竟我又不喜欢她。"

"乔乔，你这样太冷酷了吧，如果把对方跟其他人一样对待，她会难过的吧？"蛋挞是个内心温柔细腻的双鱼座。

"我顾不了那么多，我不喜欢她，就做不出假装喜欢她的样子，也不想给她虚幻的希望和遐想，这只会让关系越来越复杂。"

蛋挞想了一会儿，说："也许你说的是对的，这也许就是我女朋友顾虑和生气的地方。"

2/

成年人面对感情，不应该再有那么多的意气用事和天真，而要学着妥善处理，把温柔和用心放在你真正在乎的人身上，因为我们的时间和精力有限，顾不了其他多余的人。

面对来自女同事的爱慕，就理智客观地对待，该拒绝的拒绝，实在不方便直接拒绝，就委婉地躲避。一方面是让对方知难而退，另一方面也是对女朋友的一种负责。

不要觉得好像亏欠了女同事，她对你付出，是因为她自己乐意和喜欢；如果你没有特殊表示，她觉得自己被慢待了，生气了，那就说明她不是喜欢你，她只是在拿着"喜欢"挟持你。

成年人谈感情，内心里该有一条原则：我喜欢你，是我乐意；我不会拿喜欢当理由，强迫你也喜欢我；但如果你也喜欢我，那是我的幸运。

爱情里其实没有什么相欠，希望你对别人的付出，也是出于自己的甘愿。情出自愿，那就无怨无悔。

如果你不喜欢她，却因为内心的愧疚而假装对她好，关心她，这样才是最愚蠢的处理方式，会直接伤害三个人。对你自己来说，你不是出于真心对她好，你只是愧疚；对她来说，她觉得自己的付出有了回应，误以为自己有希望；对女朋友来说，她觉得自己的感情被人插足了……

你看，剪不断理还乱，不如干干脆脆、坦诚地处理问题。真诚是唯一的答案，不喜欢的就说不喜欢，真心爱的人，就用尽全力去爱。

3

说到亏欠,你们会对自己的前任有亏欠吗?

闺蜜雅子就是一个对前任有很深愧疚感的人。

她和前男友是在大学里相爱的,毕业后,前男友找工作不太顺利,家里在本地托了些关系给他安排了一个工作,前男友就颠儿颠儿地回老家了。

他倒不是一个没心肝的人,也托家里给雅子找了一个工作。但你们知道的,二三线城市的工作,清闲是清闲,但工资低,基本处于养老的状态。

雅子不喜欢那份工作,她觉得自己才二十出头,什么世面还没见过呢,就要回老家养老了?她不甘心。而且,如果跟前男友回老家,就意味着,她不久之后就要嫁给他了,但她没想这么快结婚。于是两个人就分手了。

分手一年多,雅子有了新的男朋友。工作上她很努力、很勤奋,一直涨薪晋升,上升空间还有很多,她很满意现在的生活。唯一让她心烦的,是前男友一直纠缠着她。

前男友回老家后,一直就不太顺。工作是老样子,工资低,也没什么上进心和斗志,也是,在那样的机关工作,很消磨人。感情方面,家里一直安排他相亲,可都没什么合适的;喜欢他的,他看不上,他喜欢的,对方又挑挑拣拣,到现在也没稳定的对象。

看着雅子过得好，不知怎么就生出酸溜溜的心态来。他总在雅子面前哭穷，说自己过得不如意，说自己心里还有她，还牵挂她。也是的，当初他们是相爱的，分手的时候也不是因为感情不和，都是迫于无奈。

看着他过得不好，雅子心里生出许多愧疚感。

前男友找雅子借钱买相机、旅行，钱倒是不多，可他开了口，雅子也不好说自己没有；他寂寞苦闷的时候，就给雅子打电话，说一些暧昧的话；还隔三差五来北京找雅子，过周末，美其名曰散心……

雅子不好意思拒绝的时候，都只能搪塞过去。

可现男友看不下去了，有一次当雅子说前任又要来北京，她要去接他时，男友忍不住了："二十多岁的人了，在北京念过四年大学，他就不能自己玩儿吗，非要你陪？就算我相信你心里没什么，可我是个男人，我不相信他心里没想别的，而且我是你男朋友，请你考虑我的感受……"然后摔门走了。

感情的事，过去的就翻篇吧，哪有什么相欠，所有的选择都是自己自愿做出的，有什么样的后果，也就自己承担吧。

这世上没有人欠你，爱就好好爱在当下。

说真的，若真觉得有亏欠，所有的亏欠最后都会直指"偿还"，一旦有了偿还的心理，不管什么样的关系，都会变得扭曲和不正常。

愿每一个在爱情中的人，都能干脆简单地去爱，真诚善意，像早晨一样纯白。

你不欠别人什么，也就能心无挂碍地去好好爱你心爱的人。

谈恋爱时,你最爱问对方什么问题?

> 外面的世界很大,相爱的人只想一室两人三餐四季,平淡却美好。

1/

有天跟朋友聊天,我问她,谈恋爱的时候,最爱问对方什么问题?

她说,那当然是"你爱不爱我,有多爱我,会爱我多久?"。

我知道你们会说这是很肤浅的"恋爱哲学三问",可如果这三个问题,对方都无法回答你,你又怎么能安心告诉自己,那个人,他爱你?

朋友是费尽心思追了男神好久,终于拿下,整天觉得自己是活在云端的小公主。

她说:"以前追求S的时候,开始是真的很无望的,就是觉得喜欢他,就想天天和他在一起,看着他,他爱不爱我都不要紧,只要不嫌我烦。后来慢慢撩到他,发现他对自己有点好感后,就开始有期待了,期待他的关注和温柔,期待他的体贴和包容。然后你看现在,我们在一起了,对他就会有更多要求呀。"

所以呀,说喜欢一个人不求回报,那一定是骗人的,不求回报是因为你根本没资格要求回报,那个人根本不爱你,怎么回报你?所以现在会觉得好的爱情，一定是相互的呀，都会渴望得到对方的爱吧。

"所以我现在就经常会问他'亲爱的你爱我吗，有多爱，会永远爱我吗？'他就会老实地回答我'当然爱啊，很爱很爱，永远都爱'。"

也许他难免会被问烦了，也难免有一天会敷衍，甚至很久以后不管还在不在一起，你会记得，他曾经很认真地回答过你这个问题。

你会记得他无比真诚地回答过你："我爱你，很爱很爱，永远都爱。"

2∕

我又陆续问过一些人这个问题，得到很多五花八门的答案，我突然发现，当我们提出问题，其实也都隐藏了一点我们的恋爱小心思。

很多女生在恋爱初期，可能都问过类似这样的问题：

"满大街那么多好看的姑娘，你怎么就喜欢我了？你喜欢我什么呀？"

"你会不会觉得我好笨啊，还特别迷糊，不像你之前想象得那么好？"

…………

总结起来说就是，你到底喜欢我什么呢？我何德何能被你这么爱着、宠着？

会这样问的，一方面是有一点不自信的心理，担心自己身上并没有什么闪光点，能够吸引对方；另一方面还带点"求关注求夸奖"的试探心理，"别人有好看的皮囊，那你喜欢我什么呢？快来夸夸我吧，你眼里的我到底比别人好在哪里"，再不然就是"不觉得你笨啊,也不觉得你迷糊,你就是最美丽的小可爱……"

还有很多人的答案是:"在干吗呢?""想我没?"

觉得这些小伙伴一定是那种心思简单又有点小害羞的人,他们恋爱的时候,一旦跟喜欢的人不在一起,就会忍不住想念,胆子大一点的会直接问:"你在干吗呢,想我没?"主要是后面那句"想我没",因为潜台词其实是,"哎呀,一下见不到你,就想你想得厉害。"

害羞一点的,就只敢问:"你在干吗呢?"也不是真的要问你在做什么,但就想知道你在做什么,因为不管你做什么,我都想陪在你身边。

真是甜蜜的小心思。

3/

爱问的问题除了会暴露我们的恋爱小心思,还会表现出我们的恋爱状态,是稳定,还是陷入僵局。

有个小伙伴就说,他在恋爱中,问得最多的问题不是爱不爱、想不想,而是"你早饭想吃什么,中饭想吃什么,晚饭想吃什么",两个人在一起吃是头等大事,每天只关心吃,可见两个人相处得多么幸福融洽。

他说:"一到周末我就喜欢研究一些新鲜菜式,然后做给她吃。她不太会做饭,没关系呀,我喜欢。我觉得做饭给喜欢的人吃,看着她满足的眼神,会觉得幸福感爆棚。"

外面的世界很大,相爱的人只想"一室两人三餐四季",平淡却美好。

但如果谈恋爱的时候老爱问这样的问题，可能就不是那么妙了：
"你到底还爱不爱我？"
"你说话啊，你到底怎么想的？"
"你能不能不要无理取闹？"
…………

恋人之间最怕僵局。一个疑神疑鬼，一个冷战不想解释，无法顺畅地沟通，导致疑团越积越大；一个没有安全感，一个怨气冲天，隔阂越来越深。恋人最后变成世上最遥远的陌生人。

4/

发现没，可能不同的阶段，我们会关注不一样的问题，有的问题我们是在问他，有的问题说出来，其实也是在问自己。

就像那句"你到底还爱不爱我"，那种绝望中只有一点儿希望的悲戚，在质问对方的同时，何尝不是在问自己："我还爱不爱你？"

可能走过爱情的各个阶段，我还是最喜欢一开始带着点儿傻劲儿问你："你喜欢我什么呢？我不美，笨笨的、傻傻的，你怎么会喜欢我？"

我是真的觉得自己不够好，却那么幸运，被你宠爱与呵护。

我又不真傻，看着你闪亮的眸子里，那个亮晶晶的自己。

我知道，眼前的这个人，是真心爱着我。

别太喜欢我，我会不喜欢你的

> 爱情就是这样吧，只有百分之一百和百分之零，爱你的时候，你是全世界，不爱你的时候，你是谁啊。

1/

大莼遇到的，大概是感情里的世纪难题：

她对海浪一见钟情，海浪却喜欢别人，而那个别人，偏偏并不喜欢她爱得死去活来的海浪。

大莼仰天感叹："发现没，我是处在情感食物链最底端的那个。可是，我没有办法不喜欢他。"

如果我可以选择不喜欢你，我也不想做这个卑微的自己，可最后还是感性占了上风，大概只能怪我，太喜欢你。

说起对海浪的一见钟情，大莼就一脸娇羞。那天中午，大莼抱着厚厚的资料，从图书馆走出来，侧边不知什么时候窜出一个风一样的男子，来不及刹车了，男生直接跟大莼撞了个满怀。

资料撒落了一地，男生连声说对不起，蹲下把资料捡起，递到大莼手里。

"同学，我叫海浪，你现在有空吗？要不我请你看一场精彩的球赛吧。"

大脑仍然处在空白的大莼，这才缓过神来，瞳孔里只有无限放大的海浪那灿烂的笑容，心脏是一击即中的感觉。

那个午后，大莼坐在看台，看着那个突然闯进她世界的陌生人，在球场上跑来跑去，挥洒自如，就宛如在她的心里跑来跑去，旁若无人。

2/

茫茫人海里，与一个人遇见，是那样的离奇，又是那样的冥冥中注定。

后来才发现，他俩是一个系不同专业，上大课的时候，两人还总能碰见。

有一次，海浪凑到大莼身边："诶，你跟你们专业×班的××熟吗？"海浪说的××是大莼隔壁班的一个女生，据非官方投票，那可是隔壁班的班花。

"我们隔壁班的，我经常去她宿舍玩，怎么了？"大莼隐隐觉得不安。

"没事儿，认识就行。"海浪嘻嘻哈哈地跑开了。

当然没那么简单，可大莼还心存侥幸。

直到，海浪捧着一束娇艳欲滴的玫瑰送到大莼手里，温柔地说："帮我交给××，祝她生日快乐。"

一秒前还以为海浪要跟自己告白，兴奋得心脏就要爆裂的大莼，瞬间受到了"一万点伤害"。

当然很快,海浪也受到"一万点伤害",班花看完玫瑰花里的情书,让大莼转告:"我已经有喜欢的人了。"

看着海浪受伤的样子,大莼恨不得替他伤心。

于是头脑一热,就冲口而出:"男子汉喜欢就要去追啊,我当你的侦察员,给你提供信息。你射手座,她白羊座,你俩是绝配星座诶,一定能成……"

冲动是魔鬼,大莼后来每每想起,都后悔至极。

3

如果不是帮海浪追班花,他俩绝不会有那么多交集,她也不会越陷越深,他却越来越把她当哥们。

都说射手座阳光洒脱,那是他们面对外人的时候,一次喝醉的时候,海浪才吐露了心声:

"班花大概以为我跟其他男人一样,只是喜欢她长得好看吧。可你们都不知道,我高中的时候就喜欢她了,那次我们在走廊里追打,脚下一个没留意,摔了一跤,膝盖上磕破好大一块皮,几个损友在一旁哈哈大笑,丢死人了。那么大还会摔跤,我满脸通红。这时候是班花走过来,递给我一包创可贴,那一刻我就喜欢她了,一见钟情是不是很酷?"

"一个男人喜欢一个女人,心里就会自卑吧。我老觉得第一次出现在她面前的境遇太囧了,所以高中只敢暗恋她,远远地关注她。谁也没想到,我俩居然考到一个大学了,这简直是老天给我的指示啊!"

…………

喝醉的海浪说了好多。大莼就呆呆地在一旁听着、看着,那个玩世不恭、一脸不羁的海浪,谁都不知道,原来他有那么柔软的内心,原来浪子也懂深情,你以为他不懂,只是因为,他喜欢的人,不是你。

4/

后来班花出国了。

大莼以为,她和海浪终于应该发生一点故事了。

可是,海浪不久后就有了女朋友。那个女生,某个角度的神情,和班花有那么一点像。

海浪很宠那个女朋友,热恋的时候,恨不能分分秒秒都粘着她。她说什么,海浪都依,她要什么,海浪都有求必应。

那段时间,大莼自觉地和海浪保持距离。

她很难过。

原来他真的是一个非常好的男朋友,那么宠着自己的女人。

原来他就算喜欢别人,也始终不会喜欢自己。

可一想到班花,她又不那么难过了。

海浪对女朋友的宠溺,也许不过是一种补偿心理,只是把她当成班花的替身。

他喜欢的,大概始终是班花。而她和海浪,谁也没有得到爱情。

果不其然,不久之后,海浪就分手了。那个前女友还找过大莼诉苦:"为什么他追我的时候,可以把我捧上天,等我喜欢上他的时候,他怎么说变就变啊;说分手的时候头也不回,也太绝情了吧……"

爱情就是这样吧,只有百分之一百和百分之零,爱你的时候,你是全世界,不爱你的时候,你是谁啊。

说什么哥们义气,如果把自己放在爱情的天平上,也许就只是他的百分之零。

大莼也劝过自己,别喜欢他了吧,他有什么好?可喜欢这种东西,喜欢着喜欢着,就成了习惯,日复一日,变成像呼吸一样的行为模式。

5

大莼研二的时候,要去日本交换一学期。

她想,也好,离开这个城市,看不到海浪了,也许就能淡忘他了。

送别的时候,大莼喝得烂醉。

海浪送她回学校。

大莼终于可以借醉靠在海浪的肩膀上,她第一次,那么近地接触到他,他们的心脏第一次离得那么近。大莼闭上眼睛,傻笑。

"终于你们都要走了,这个城市只剩下我。我喜欢的人,喜欢我的人,我都抓不住。"

"你真傻,这世上怎么有你这么傻的姑娘。干吗那么喜欢我呢,我会不喜欢你的。"

"不知道我们射手座都是自在如风的吗,我以为我不喜欢你的,可为什么你要走的时候,我也有点难过。"

大莼的眼泪往外溢,她忍着,一动不敢动。她怕惊到那个孤独的射手座,她怕打扰到他的喃喃自语。

"被偏爱的都有恃无恐。"大莼何尝不知道这个道理。

太喜欢一个人,就低到尘埃里,人心是会犯贱的,越喜欢他,他就越不在乎你,把他捧得越高,他就越看低你。

可是真的喜欢一个人,又怎么能做到留有余地呢?

是该要留有余地的,不然她还以为,他始终不知道自己喜欢他。但其实,他早就知道了。

所以你看,喜欢是怎么藏也藏不住的。

罢了,知道就知道吧,也好,不枉自己喜欢他那么多年。

飞机起飞的时候,大莼在心里告别。

"再见,我也要像你一样,做个自在如风的人,也许总有一天,我们会有故事的。"

你不想恋爱的理由

> 那个不想恋爱的你，其实内心深处还是在期待、在找寻，从纷繁复杂的不想恋爱的理由里，拨开迷雾，找到一条去认真恋爱的理由。

1/

周末和小伙伴相约看电影，等入场的时候，小伙伴莹莹突然靠过来："你看周围的人，除了家长带孩子看动画片的，大多数都是情侣……"

我摸摸她的头："别伤感，男朋友加班而已，这不有我陪你吗？"

"不是的，"莹莹强装微笑，"不知道怎么，我不想谈恋爱了。"

"你要跟他分手？"我惊讶地说，"你喜欢上别人了吗？"

"没有第三者，只是不想和他继续了，短时间内也不想恋爱了，好像恋爱不是那么回事。"

"不是那么回事"的感慨，也许我们都有过。

人山人海里，喜欢上一个人并不难，喜欢之初，我们都以为那就是爱情，但可能，爱情的确是另外一回事。

它不是你每天要求的打几通电话发几回微信做几次爱。

它也不是给你买多少个包包一年出国旅游几次。

它也不是手机银行、社交网络的密码都是你生日。

它甚至不是你们两个人同居一起吃饭一起睡觉……

好像并不是这些。

"他太忙了,我好像成了一个多余的人,自己跟自己玩。"莹莹说,"这不是我想象的爱情,好像有一点失望。"

大概爱情更多的是心灵层面的吧,是灵魂与灵魂的相遇,彼此发出热情,抵御这人世的纷扰与忧愁。

"那个人,都不愿意在你身上花时间,这算哪门子的谈情说爱?"莹莹苦笑。

2

"单身多好,多自由,我干吗要恋爱?"小伙伴酒鬼不解地反问我。

酒鬼是我的一个好朋友,因深夜总爱买醉而得名。

"恋爱也不代表就不自由啊!"我反驳。

"我这个年龄,谈恋爱不可避免要往结婚的方向考虑,我还不想结婚,现在我只想要自由。"酒鬼坚定地说。

酒鬼跟前女友分手快两年了,期间前任还反反复复回来纠缠过许多次,想跟酒鬼复合。

我损他:"遇到个那么爱你的女人,你就从了吧。"

他摆摆手:"这才不是爱呢。不过是打着爱情的幌子,其实是不甘心、是掌控、是束缚,多可怕。"

说到底，酒鬼跟前女友分手的很大一部分原因是，双方对未来生活的期待不一样。

酒鬼觉得，不用有多少钱，顿顿有肉，天天有酒，还能有好书相伴，看看好电影，人生足矣。

讲真，这追求真的不高，属于知足常乐型。

前任觉得他不上进，浑浑噩噩混日子。

两人为此争吵了许多遍，最后酒鬼累了，乏了，说："你看谁上进谁优秀谁是潜力股，就找谁去吧。我就这样了。"

成人世界从来没有"容易"二字，谁不是在战场上厮杀，然后获取一点生存的资本？在外无论好坏，无论辛苦委屈，回到家里，面对喜欢的人，我们只想得到温暖和安慰，只想放松下来，打打游戏睡个懒觉，聊聊跟人生无关的话题。

绝不想被另一个人指着说，你不上进，你无能。

"我对自己的生活挺满意的，我努力工作，热爱生活，对未来有规划。你凭什么跑过来羞辱我，指责我？就因为你是我的女朋友？这逻辑很搞笑吧。"

得不到认可和尊重的爱情，不要也罢。我一个人也可以活得很自在，没有你更快乐。

3

刘若英唱："喜欢的人不出现，出现的人不喜欢……"

倒也不是"喜欢的人不出现",事实上是"喜欢的人不能爱,出现的人不喜欢"。

温柔甜美的小冰一直没有恋爱。

其实追求她的人一直没断过,有文艺的,也有暖男,有经济适用的,也有同龄的留学生……这些男生里真的不乏很优秀的人,他们或热情温柔,或阳光大方,可是小冰谁也不喜欢。

拒绝的理由是"还不想谈恋爱"。

身边的闺蜜看着小冰放过一个个优质人选,不由得痛心疾首,她却莞尔:"不如,我介绍给你吧?"

后来一次聚会喝醉,从小冰断断续续的醉话里,我们才获知一二。大学的时候,她喜欢过一个学长。他们一起在学生会做事,发过传单,拉过广告,吃过路边的盒饭……她喜欢他,简简单单的喜欢。

可是他另有喜欢的人。当他第一次同小冰分享起隐秘的心事时,小冰心里荒凉如落日,所有的爱慕就都不能说了。

他于是成了她的暗恋。小冰就那样,看着他去跟喜欢的人告白,看着他跟喜欢的人在一起,她离得远远的,可还是放不下。

这一爱,就爱了好多年。

那个没有结果的人,就是你无法爱上别人的理由,就是你不想恋爱的原因。

你自己放不下,别人也进不来,仿佛只能等,等到自己想明白的那一刻。

"很爱很爱他,可也许,他什么都不知道,想到这里,就觉得好心酸。"

4/

听他们的故事,有一点心烦意乱,有时会想,他们都是很优秀很好的人,真的好希望,他们都遇到美好的爱情。

可现实往往不遂人愿,渐渐地,我们都成了不想恋爱的人。

可我们,真的不想恋爱吗?

性子急的大婷道出真相:"你们知道吗?我之前喜欢一个男生,我一直相信他说的不想谈恋爱是真的拒绝我的理由,可直到我看到他和另一个女孩甜蜜地在一起,我才知道那只是借口。"

所以你看,他不是不想谈恋爱,他只是不想和你谈恋爱。

就像有一天,他想谈恋爱了,也并不是当初那些他不想恋爱的理由都一一不成立,而是,有一个人,成了他想恋爱的理由。

我们都是这样的吧。

那个不想恋爱的你,其实内心深处还是在期待、在找寻,从纷繁复杂的不想恋爱的借口里,拨开迷雾,找到一条去认真恋爱的理由。

而那个最有说服力的理由就是,终于等到一个对的人。

为什么不能同时喜欢好几个人？

> 喜欢是一种不稳定的、很浅的情感，而爱情是独占的。

1/

"为什么人们可以容许一个人同时喜欢吃好多种口味的美食，并把他们奉为美食家、吃货；而当一个人同时喜欢好几个人时，人们就坚定地认为，这个人是个渣男，他根本不懂爱？"

南风曾在微信上，煞有介事地这样问我。

他甚至用灵魂发问："究竟人们是不敢承认，还是羞于承认，我们其实真的可以同时喜欢很多人。只不过社会准则、伦理道德压制了我们的本能？让我们迫于承认，并接受这世上有真爱这件事，且必须要接受我们同一时间，只能爱一个人，只有一个最爱？

"这样的谎言，不过是为了让我们人人心安，当我们得知自己是对方的最爱，便可以获得自以为是的安全感。可是放眼望去，多少昔日的真爱，转眼就不爱，甚至反目成仇。'真爱'大概只是我们用来哄骗对方的说辞罢了……"

多么深刻的灵魂拷问。他的话，我至今印象深刻。

因为他的发问，让我对爱情少了一些期待，不是因为对爱情心存怀疑，而是对人性不那么自信。

甚至，我差一点，就信了他的话。

2/

抛去世俗约定的那些行为准则，你问问自己，是否曾经同时喜欢好几个人？觉得他们都非常优秀，各有长处，在他们身上都能找到心灵的寄托，获得快乐？

犹记得曾经过生日，一个豪放的闺蜜喝醉后这样祝福我："祝你生日快乐，同时有十个男朋友，一个长得帅，负责带出去风光；一个幽默会玩，整天逗你开心；一个是美食家，带你吃遍天下；一个是情场高手，陪你在床上浪出新姿势……"

当时逗得我们直乐。

其实这也不是玩笑话，生活中，被人们嘲笑唾骂的"脚踏几只船"的出轨等行为，并不少见。

南风就同时喜欢好几个人，并被更多人喜欢着。

他的确具备得天独厚的优势。1.88米的大高个，长得帅，脾气温和，爱读书，爱音乐，学习成绩还非常好；又生于优渥的家庭，修养很好，懂得许多社交礼仪。用他自己的话来说，他是天时地利人和造就的"优质基因"。

"我这么优秀，社会道德只能让我喜欢一个人。未来，社会婚姻要求我只能对一个人忠诚，这会不会太苛刻了？从进化角度来说，这也是一种基因浪费吧？"

诚然，从这个片面的角度来说，他说的确实有道理。

可是，这只是他的个人以为。有这样想法的人，也都是自己的片面认知，自以为是。

南风之所以愤慨为什么不可以同时喜欢好多人，原因就是他女朋友发现他同时和好几个人搞暧昧，然后正在跟他闹分手。

"她为什么就不能接受，这是人的本能和天性呢？"南风非常疑惑。

"我真心喜欢她，她长得漂亮，有能力有见识有背景，温柔大方，我们是最匹配的一对；可B也有B的好，她阳光活泼，天真可爱，让人觉得回到了高中时代；还有C，非常性感，有成熟女人的妩媚，让人沉迷；还有D，她是非常厉害的职业女性，很有气质，情商很高，我非常欣赏她……她们都非常优秀，她们也很喜欢我，我们相处非常好……"

南风侃侃而谈的样子，让我不自觉地产生一种怀疑：

很多时候，我们自以为深情地同时爱上好几个人，也许在内心深处，是因为我们渴望被更多人爱着，被更多人认可，从而确认自己的优秀和与众不同。

3/

南风思考问题其实一叶障目了，进入了死胡同，钻了牛角尖。

"你同时喜欢那么多姑娘，觉得自己很优秀，享受被那么多人爱着，你觉得这是合情合理的事。现在我有两个问题，你想好后回答我——

"第一个问题，既然你那么享受被她们爱着，你敢不敢坦诚地告诉她们每个人，除了她，你还同时爱着其他几个女人？

"第二个问题，你说她们也都非常优秀，那你能不能接受，她们除了交往你之外，还同时和许多男人交往？"

南风仔细想了想，说："我懂了。"

（以上两个问题，每当你同时爱着几个人时，也不妨拿出来问问自己）

其实关于爱情，有一个巨大的真相是：我们会喜欢很多人，但在喜欢的这些人里，我们的选择有限。

有人说"可以喜欢很多个，但只能爱一个"，这句话其实并没有把其中原因说清楚。

这说明，其实我们是自私的，当你同时喜欢好几个人的时候，你就开始了欺骗，你绝不敢当着对方的面，坦诚地说出，你还爱着其他几个人。因为你知道，一旦她们知道各自的存在，你就不会被选择。

因为人类的感情是自私的，是独占的。这也是为什么你无法接受你爱的人除了爱你，还爱着别人。

4

喜欢是一种不稳定的、很浅的情感，它来得快，去得也快。

可能因为有人在人群中多看了你一眼，你就喜欢对方；可能因为哪天心情好，对方穿的衣服是你喜欢的颜色，你就喜欢对方……

你喜欢A长得美，B脾气温柔，C阳光爱运动，D胸大性感……你苦恼，她们怎么不是一个人。

而爱情呢？爱情是独占的，它必须专一，因为专一才显得珍贵。而珍贵的东西，才值得另一个人用同样珍贵的感情，去珍惜这份唯一。

生活中我们常常会听到这样的话："你看那个×××，今天给老婆买了一栋新房子，明天带小三去国外旅游。老婆和小三相处很和谐啊，这也能忍是真爱吧。"

恰恰相反，这也能忍，多半不是因为爱，或许是为了保护孩子而忍辱负重，或许是为了金钱享受而进行的情感交换……

关于爱情的真相是，我们会喜欢很多人，但在喜欢的这些人里，我们的选择有限。这句话的后半句是：很多时候，我们甚至只有一个选择，那是唯一的选择。

当你从那些你心生爱慕的人里，选择了一个人，当作你的唯一。而恰好她也把你当作了自己的唯一，这时爱情才产生了，这份感情才会长久。

这个唯一的人选，你之所以会选择她，是因为，和她在一起，你最舒服自在。你可以在她面前做最真实的自己，当大灾大难临头时，你第一个念头是舍命去保护她。

这个人是你的唯一。

多少人，一辈子喜欢过许多人，却未曾遇到过一个能用真心换真心的人。

恭喜你，你比这世上很多其他人都幸运，因为你遇到了爱情，并懂得爱情。

当然了，还有一种可能性，说出来很扎心："你喜欢那么多人，可能是因为你真心喜欢的那个人，他不喜欢你吧？"

我们越来越不会好好谈恋爱了

> 不知道能不能等来爱情,也不知道会不会遇到你。

1

有天突然发现,好像我们越来越不会好好谈恋爱了。

有喜欢的人,不会主动告白,扭扭捏捏也不会轻易说出那句"我喜欢你,做我女朋友吧"。

在一起的人,不懂珍惜,好像总是在作,恋爱不在同一频道上。

分个手也拖拖拉拉,不敢面对面说一句"我们分手吧,祝你找到比我更好的"。

"好羡慕从前车马信件都慢,一生只够爱一个人的状态呀。"念儿玩味着手里的酒杯,"你看现在的人,轻易地喜欢一个人,又轻易地分手,似乎人来人往,但好像谁也不为谁停留,好孤独。"

以前爱一个人,写一封信寄托思念要走十天半个月,看心爱的人一眼要等上一年半载。

古时爱情由不得自己,父母之命、媒妁之言,遇到喜欢的人的概率多低呀。所以有喜欢的人,就一定去追去表白。读《诗经》的时候,就常常感慨,古人都好深情、好主动、好大胆。"窈窕淑女,君子好逑"；"青青子衿，悠悠我心。一日不见，如三月兮"。

真心相爱的都不离不弃，即便一人先离世，也不再嫁娶。"庭有枇杷树……今已亭亭如盖矣"。

而如今，一个社交软件就可以跟陌生人聊天，陪你说几次早安晚安的人，就敢随随便便说喜欢你。

遇到烦闷事情，找个人一起吃饭喝酒，就能从饭桌边聊到床上，醒来才懊恼该如何跟女朋友交代。

不爱了就在QQ、微信上说一句"我们不适合了"，然后就拉黑对方……

好好谈恋爱的成本越来越低，不用那么主动，不必那么用心，仿佛爱情也唾手可得，弃之不可惜。

科技发达了，人和人之间的距离越来越短，可是人心却越来越遥远，越来越孤独。随随便便在一起，稀里糊涂地谈恋爱，然后又不清不楚地分手。这似乎成了我们大多数人的爱情常态。

2

念儿前几天被人告白了，不过，她没答应对方。

没答应就没答应呗，可她又有些患得患失："我也分不清了，究竟对他是喜欢，还是友情。"

他没告白的时候，两个人每天聊得火热，有时即便没什么事，也能聊好久，其实全不过是些鸡毛蒜皮的小事。今天上班遇到什么奇葩事，他养的猫咪今天怎么把他挠了，快递小哥怎么对她献殷勤……

她习惯有他的陪伴，他逗她开心，给她关怀，可她不知道这究竟是友情还是爱情。

"朋友之间就是这点最烦了，做不成恋人，就连朋友也没得做了。"念儿嘟囔着。

"三天了，他也没找过我，我也不好意思去找他，好奇怪的感觉啊！为什么我居然会开始想念他。"念儿捂着耳朵，不停地摇头，仿佛要把脑海里那个不停浮现的身影甩出去。

抓狂的念儿，突然惊恐起来："你说，我拒绝了他，他会不会转而去喜欢别人？"

"你怕他去喜欢别人吗？"

"切，他要是这么容易就喜欢上了别人，就说明对我不是真爱。"念儿赌气地说。

"不要对人性太有自信，人性是经不起考验的。"我给出忠告。

"其实，我应该是喜欢他的吧，可为什么，我那么害怕谈恋爱呢？"过了好一会儿，念儿无助地发问。

是啊，为什么我们渐渐对爱情失去了信心，害怕谈恋爱，也不会好好恋爱呢？

也许，潜意识里，我们害怕的不是爱情，是失去自我，是这份感情并不能给我们足够的安全感。

爱上一个人，意味着我们要拿出一部分的自己，主动进入一种被约束的状态，与对方进行磨合，从而接受爱情的塑造和改变。这种失去一部分自我换取未知关系的行为，会让我们不自觉地产生恐惧和害怕，害怕那不是我们想要的爱情，害怕自己会在爱情里受伤。

有的人由此而害怕进入关系，或者表现出不在乎、花心、放荡、不负责任，假装薄情和冷漠，玩世不恭。其实本质上，我们是害怕把自己交到对方手里，害怕自己会搞砸爱情本该有的美好模样。

3/

我想到好久不恋爱的麦子。

他自从三年前分手后，就再也没有恋爱过。

倒不是他在上一段恋情里被伤得多深，只是相比较两个人的约束关系，他更享受现在的单身生活。

"我坚信，一份好的爱情，必须是遇到对的人，如果没有遇到那个对的人，不管你怎么改变，掌握了多少恋爱心法，都无济于事。爱情是一道选择题，不是证明题。"

麦子说得头头是道。

我不知道他说得对不对，爱情本来就是一件无法求证真伪对错的事，况且每个人都有自己对爱情的理解。

人们越来越不会谈恋爱了。也许是选择太多，外面的诱惑又太大，这花花世界谁都想玩乐一番，爱情还要保持"一生一世一双人"，就显得格外难了。

但我坚信，当你遇到真正的爱情，你会明白他就是你无法与别人长久的原因，他会让你甘愿放弃所有规则，会让你开始留心四季更迭和关心风月。

只是我不知道，我们是要先一直等一个对的人，还是在不断恋爱不断试错中找到那个对的人。

我确信的是，我们都想好好谈恋爱。

你会期望谈一场好幼稚好甜蜜好无聊的恋爱。

你会希望竭尽所能，好好谈一场恋爱，一场刻骨铭心的，又细水长流的恋爱，一直谈到地老天荒。

不喜欢的就拒绝,不要暧昧

> 如此轻易地就跟不喜欢的人将就,到时候,就算遇到真心喜欢的人,她们多半也不会坚持的。

1

前几天在微博上看到一个新闻:海归男单恋8年遭拒,把女同学扔下19楼,导致女同学当场死亡。案件经媒体报道后,其中的细节引发了网友的热议,报道称:

海归男子单恋女孩8年遭拒绝,期间曾送过名牌包、名牌项链等礼物,共花费了4万多元。回国后,与女孩同租一室。女孩多年来一直拒绝男子,但并没有拒绝他的靠近。案发当晚,海归男听到女孩跟异性打电话,并跟对方说海归男在追求自己,但自己很讨厌他。海归男彻夜难眠,觉得万分痛苦,后做出让人出乎意料的举动。

看到这个新闻,身边的闺蜜皱皱眉头:"不喜欢他为什么要接受他的礼物,这不是给男生希望吗?给了人家希望,还是8年,最后等来一句'很讨厌他',换了我,我也会崩溃。

"现在一些漂亮女生,总是很享受被很多人追捧和讨好的感觉,这样真的不好。不喜欢就拒绝,别暧昧,有的男人追你的时候,把你当公主,追不到你的时候,他就会变恶魔。真不知道他会做出什么事来，所以拒绝一定要趁早，清清白白地恋爱，别给自己找事儿。"

是的，不喜欢一定要拒绝；为了顾及对方的自尊，你可以婉拒，但态度一定要明确，不能含糊。拒绝对方送出的礼物，拒绝单独亲密相处，不要让对方误以为："你只是很害羞""我们关系很亲密"。

2

明天就是七夕，身边很多小美女已经提前收到了追求者的七夕礼物及浪漫邀约。

灵儿在朋友圈秀出她收到的七夕礼物，非常漂亮的一根项链，好多人点赞，还有朋友留言说："哇，男朋友送的吗？好漂亮！""逛商场也看到这款，是今年的新款哦，价格不菲呢。欸，这就是别人家的男朋友！"……

灵儿很是开心，还在群里问我们："明天七夕约会，求各位支招要注意什么呀？"

大家也都很替灵儿开心："这是新的追求者吗？你保密工作做得还挺好，哪天带来给我们看看啊。"

"不是啦，就是之前追我的那个。"灵儿说。

"你之前不是不喜欢他吗，是不是他终于感动你啦？"闺蜜打趣道。

"我也不知道，其实我真的没有很喜欢他。明天就七夕了，身边其他朋友要么名花有主，要么有追求者，觉得自己一个人很孤单寂寞，便答应了他的约会。"

"这样不好吧，七夕欸，又不是平常周末看个电影，你这样会让他误会的。"闺蜜着急说。

"不就是吃个饭嘛，不至于吧。"灵儿为自己辩驳，过了一会儿，又说，"其实，我也觉得有点不好，可是人真的很矛盾啊，我没有那么喜欢他，可是他很喜欢我啊，一直说要送我礼物，还说暂时不想谈恋爱也没关系，他可以等。"

"他是可以等，但他等的是你有一天喜欢他，而不是等到有一天，你喜欢上别人。"

男生在追求女生时，觉得能约她出来，她也收了自己的礼物，就说明有戏。虽然女孩还是拒绝自己，但他会误以为，女孩只是现在还犹豫，她还在考察自己，因此男生只会更加殷勤，买更多礼物，更加热切。就像文章开头的那个新闻，海归男不断给女生买礼物，还努力地创造条件，和她住在一起。

但女生却天真地觉得，吃一顿饭，收收礼物没关系，甚至偶尔暧昧一下，也无伤大雅。

可是啊，感情的事是容不得半点含糊的，倘若一个人真心真意地追求你，你不喜欢对方，又感激对方的钦慕，能做的就是干脆利落地拒绝。

3

柳岩曾在节目里说过这样的话：

"我发现现在很多女孩子喜欢消费男生，喜欢消费异性对她的宠爱和真情。你明明不喜欢他，干吗有时又要给他暗示，或者和他吃饭，或者寂寞的时候让他陪你逛街，甚至让他给你买东西。我觉得这样很不好，但她们会说'留着呗，后备'。"

你占用了别人的时间，浪费了人家的精力，是一件很不道德的事情。愿我们都有清白一点的爱情和人生。

可能女生也不是贪图男生买的那点礼物，也不是贪图得到很多男人的追捧和奉承，很多时候，她们就像灵儿那样，只是寂寞和孤独。

在还没有遇到自己真正喜欢的那个人之前，有一个喜欢自己的人，她们便不舍得拒绝，把他当成一个备胎。孤独寂寞的时候，至少还有个人关心自己，陪自己说说话。

有个同学前段时间恋爱了，大家祝福她的时候，她说："我也不是很喜欢他，但妈妈一直劝说我，说他条件好，又对我好，是个可以托付的男人。我想了想就和他在一起了。"

"你不是真的喜欢他，如果以后遇到喜欢的人怎么办？"

"如果遇到喜欢的人就分手好了，现在就当我们各取所需。"女孩无所谓地说。

我被惊讶到了。感情可不是自来水，你说不喜欢了就关上水龙头，对方呢，你有没有想过对方的感受？如果对方是真心爱你的，不愿意跟你分手怎么办？

我不知道这样的感情，是不是有一点自私。

但我知道的是，如此轻易地就跟不喜欢的人将就，到时候，就算遇到真心喜欢的人，万一发生什么困难，她们多半也不会坚持的。

现在她们只是怕寂寞，怕别人的议论和眼光，这样没有自我和坚持的人，有什么资格说遇到喜欢的人，会不顾一切去争取？不过是冠冕堂皇的说辞罢了。

4/

如果那个对的人还没有来，你要好好照顾自己，要认真工作和学习，培养你的兴趣爱好；关心朋友和家人，有时间多给他们打电话，陪陪他们；有三两个知己，和许多朋友，孤独寂寞的时候，多和朋友一起打闹，假日里去旅行，去做你喜欢做的事。

成为更好的自己，成为更快乐的自己。而不是浪费时间去跟不那么喜欢的人暧昧。

等到你遇到那个对的人时，你能微笑地对他说："为了遇见你，我已经期待了许久，但我知道你一定会来。"

真爱值得你等，而真正等待过的人，才会明白珍贵的意义。

第六篇
我不想去猜你是否喜欢我

◆ 那个喜欢你的人，怎么后来又不喜欢你了
◆ 我不想去猜你是否喜欢我
◆ 胆小鬼的我啊，做过一件蠢事情
◆ 喜欢就会放肆，但爱就是克制
◆ 他有女朋友，为什么还要来撩我？
◆ 谈恋爱到底要不要用「套路」？
◆ 没有自我的人，在爱情里没有位置

那个喜欢你的人，怎么后来又不喜欢你了

> 你不喜欢我，没关系。毕竟，我想要的是一个爱我的人，而不是一个连喜欢都会变卦的人。

1/

"你有喜欢过一个人很久很久吗？不管他怎么对你，你还是很喜欢他？"

"有没有那样的人，一开始你很喜欢他，后来不知怎的，就渐渐不那么喜欢了？"

可能有的人会说："我是一个长情的人，如果我喜欢一个人，就会一直喜欢下去。"

但实际上呢，大多数的我们，都曾喜欢过别人，也曾被人狠狠喜欢过，可那份当初被渲染的深爱，后来却慢慢淡化了，变了样，最后不知所踪。

我们忍不住会感慨："感情易碎，人心易变。"

所以，"喜欢"究竟是什么样的情感呢？

小宇很苦恼，问我："乔乔，我是不是一个花心的人呢？前阵子我很喜欢一个女孩，她爱笑，很开朗，脾气非常好，对人很温柔，我真的好喜欢她。可相处了一阵后，我又好像不那么喜欢她了。为什么

对一个人的喜欢会变化这么快？是不是我太花心了？"

好单纯的孩子。

我于是问他，为什么后来不那么喜欢她了。小宇说，两个人后来约会过几次，慢慢就发现女孩身上的一些小毛病：花钱大手大脚，觉得花男生的钱是理所当然；爱慕虚荣，喜欢攀比；没有时间观念，不上进……这些还不是重点，最让小宇接受不了的是，女孩有一种奇怪的观念：男生喜欢一个女生，就应该无条件付出，只要是女生想要的东西，男生都该二话不说就去做。

"巨婴式"的索取，会让所有人窒息。小宇很困惑："我想找的是彼此相爱的伴侣，而不是一个刁蛮的女儿。"

一开始的喜欢，是看脸，是缘分，是莫名其妙的怦然心动。心理学上认为我们会喜欢一个人，是出于一种投射，那个人恰好符合了我们对爱人的想象与期待。

可随着深入接触，起初那个人只是泛泛了解，慢慢变得立体而深刻，然后我们会发现：你喜欢的那个人，并不如你所想象的那样。

2/

滴滴最近分手了，虽然她知道自己遇到的是个渣男，但这段感情，还是让她对爱情有些怀疑。

她的前任起初追她追得可起劲了，连着一个月写情书，每天晚上唱情歌，在公共场合下跪表白求爱……他告白时说："自从遇到了你，我的世界有且仅有一种爱好，就是喜欢你。"

那个曾经那样浪漫，深情说爱你的人，不到半年，就另结新欢了。

滴滴问他："你不喜欢我了吗？"

他笑笑，无所谓地答："我的爱好变了。"

滴滴还想问，你忘了当初爱我时许下的诺言吗？你忘了我们一起在异国看过的美景吗？你忘了你曾对我做过的那些美好而温暖的事吗？……你忘了，你曾经爱过我吗？

是啊，是爱过，而已。

她还记得，曾问过他："你喜欢我什么呢？"

他语塞回答不上来："就是喜欢啊，有什么理由呢？因为你好看吧。"

也许吧，他喜欢的是长得好看的她，是身材姣好的她，是会撒娇卖萌的她，是喜欢喝奶茶，写得一手好字的她……他的喜欢那么流于表面，肤浅。

他的喜欢，开始得那么轰轰烈烈，可新鲜劲一过，平平淡淡的时候，他就腻味了，厌倦了。

这时出现了另一个她，没有滴滴好看，却足够泼辣。她爱文身，喜欢说脏话，一次聚会后，两个人喝了些酒，晚上就在一起了。她轻而易举就把滴滴的前任勾搭走了。

滴滴问他："你喜欢她什么？"

他说："就喜欢她那股劲儿，刺激。"

你看，"喜欢"这件事其实没什么大不了，它并不像我们说的那么郑重其事。有时它挺肤浅的，像一个人的味觉喜好，甚至像一个人的心情，变幻游离，阴晴不定。

喜欢是能量比较弱的一种情感，它会变。一会儿喜欢你，一会儿又不喜欢你，他对你的喜欢好肤浅，好廉价，一点也不深刻。

那么不坚定的喜欢，大概是因为喜欢得还不够吧，所以才会轻易就变了心。喜欢不是爱，他只是喜欢你，却不够爱你。

3/

有人说，成长的过程就是以前得不到的，现在不想要了；以前非常喜欢的，现在慢慢看淡了。

我常常在想，对于爱情，成长以后的我们也该渐渐以平常心面对了。

那个一开始说喜欢你，后来又不喜欢你的人，没什么大不了的，让他走。

那个说不爱你就不跟你联系的人，某一天突然又来联系你，其实没什么，别想东想西，别脑补他还爱你，让他走。

每当你难过的时候，想想那个你放不下的人，是怎么放下你的，其实没什么大不了的，放过自己……

"我不喜欢你了。"

"真巧，我也不喜欢你了。"

他不喜欢你，又怎么样呢？酷一点，别自怨自艾。

一个不喜欢你的人，别指望在他身上学习到爱的意义，所以千万别因为他，而对爱情产生怀疑。

所以滴滴想通了："你不喜欢我，我不怪你。你只是选择不再参与我的人生，我们曾有过的交集，戛然而止。有过的美好，我都感激，但未来，会有人愿意参与到我的余生。"
你不喜欢我，没关系。
毕竟，我想要的是一个爱我的人，而不是一个连喜欢都会变卦的人。

我不想去猜你是否喜欢我

> 喜欢一个人是从猜心开始，但到最后能变成爱，都是因为不必再猜。

1/

最近，我们一群吃喝玩乐的小分队里添了新的小伙伴阿含。

阿含是典型的理工男，IT行业，脑筋直，闺蜜啾啾说他有点傻里傻气。

我们这群吃喝玩乐的小分队，主要是因为志趣相投，要么是能吃到一起，要么是业余时间喜欢看展，大家便一起约。

这么个吃喝玩乐的小分队，其实蛮适合"约约约"的，容易滋生感情。

所以一段时间后，总能促成几对。

闺蜜啾啾性格活泼，长得也可爱，还蛮受男生欢迎的。而且明眼人都能看得出，河马喜欢啾啾，至少是对她有好感的。

大家约活动的时候，河马总是第一个问啾啾去不去，啾啾去，他就肯定去；而且出去玩的时候，河马总围着啾啾，给她拎这拎那，也爱跟她开玩笑，各种逗她，招惹她，但凡有什么好吃的，也总想着给啾啾留一份。

殷勤得很。

大家免不了开他们的玩笑说"你们家啾啾""你们家河马"……两个人当面听了,也是打哈哈害羞地搪塞过去。

奇怪的是,几个月了,他们似乎没有更深入的进展。

自从阿含来了以后,小分队的气氛略有些不一样。

阿含喜欢啾啾,啾啾说他傻里傻气是有原因的。

阿含也喜欢围着啾啾转,献殷勤,对她百般好。大家就开玩笑问:"你是不是喜欢啾啾?"

换成河马,他多半会打哈哈,找个话题搪塞过去,不正面回答。

但阿含不一样,他特别理直气壮:"你也看出来了?我就是喜欢她啊,啾啾长得漂亮又可爱,谁不喜欢,你不许跟我抢啊!……"

没过多久,大家就都知道阿含喜欢啾啾。舆论似乎也都变了,以前大家还会开玩笑说"河马家的啾啾",现在不了,大家似乎都默认了"阿含家的啾啾"。

啾啾对阿含的态度从一开始的吐槽,欺负,渐渐变得温柔,呵护,接纳。

两个人一起打闹时,看对方的那种眼神,除了对方能感受到信号,旁人也能被感染。

他们恋爱了。

出乎所有人的意料,哦不,其实也在意料之中,只是出乎河马的意料罢了。

2

我不解地问啾啾:"为什么不是河马?"

她想了想说:"其实,我至今都不知道,或者说不确切地知道,他是否真的喜欢我。"

"可是,他表现得挺明显诶,对你那么好,总是粘着你,那种体贴和温柔,是有可能转正成男朋友的呀。"

"是啊,我也一度以为,我们会发生故事的。可是,他从来没有很正式,或者说正经地说过喜欢我,向我告白。你懂吗,是那种很规范的告白'我喜欢你,做我女朋友吧'。"

瞬间就懂了。

爱情萌发的时候,像小蜗牛一样伸出试探的触角,搜寻爱的雷达,而爱情最后终究是需要一个确认的,像是获取了密码,最后两人的心彼此通达。

啾啾跟河马,就是没有获取爱的密码,总猜来猜去,试探来试探去。而阿舍这个傻气的理工男,使用了最直接最笨拙的办法,爱就大声说出来,赢得了美人心。

啾啾说:"每天我们都要接收到那么多讯息,我不想去猜,也没有精力去猜,那个人是不是喜欢我。如果喜欢我请让我明确知道,简单利落,直截了当。别兜兜转转。"

我问啾啾:"会有一点惋惜吗?我觉得,你之前应该也是喜欢河马的吧？"

"多少会有一点吧，毕竟人心肉长，现在刚跟阿含在一起，再和他相处，难免有一点尴尬。"啾啾拨弄手指。过了一会儿，又说，"但我又想，没有在一起，总有没在一起的理由，这理由大概就是，他没那么喜欢我吧。"

感情是这样的，如果一个人不够确定，另一个人也就很难确定，最后变成两个人猜；两个人里只要有一个人态度明确，另一人喜欢或不喜欢就能做出选择，事情就变得简单明了起来。

3/

我不知道河马看到啾啾跟阿含在一起的身影，心里是怎么想的，会不会有一点悲伤，会不会有一点后悔，明明是他先认识她，明明他也喜欢她。

为什么没及时告白呢？

我没去问河马，我试着想了想，大概不外乎几个原因吧：拿不准啾啾是否也喜欢自己，拿不准告白之后，啾啾会不会拒绝自己。万一拒绝了朋友也不好当。当然也有可能河马自己也拿不准，自己是否真的喜欢啾啾，是否做好准备要开始一段感情……

可说到底，还是那句话，"没那么喜欢吧"。

于是忍不住想起《大话西游》里唐僧说的那句"你不跟我说，我怎么知道呢……"

喜欢一个人是从猜心开始,但到最后能变成爱,都是因为不必再猜。

如果你喜欢谁,请有勇气让他知道。当他接收到你的信号,如果他也喜欢你,就一定会回复你的信号,给予确切的回答。

喜不喜欢,原本是件很简单的事。

"我喜欢你,你喜不喜欢我呢?"

胆小鬼的我啊,做过一件蠢事情

若他日不再勇敢,请记得我曾为你疯狂!

1

程程上个礼拜去文身了,在手腕处文了一个小小的字:"程"。那是她名字里的一个字,也是她喜欢的人名字里的一个字。

聚会的时候,她举起手腕给我们看,得意地笑:"想了好久,一直怕痛没敢去,终于还是去文了。是不是很好看?"

是呀,在电影《你的名字》上映的时候,她就跟我们说:"我想去文身,就文一个字。"

我们都知道,她和她喜欢的人名字里有个相同的字。

缘分就是这么奇妙吧,发呆的时候,她就在纸上一遍又一遍地写那个字,仿佛这样一直写下去,冥冥中跟他的联系就可以越缠越紧。

她报了个班学习法语,那个人是她语言课的同学。她双鱼座,天生爱幻想爱浪漫,就这样,缘分悄悄埋下伏笔。第一次交法语作业,课堂上老师点评的时候,叫到她的名字,同时一个男生也站了起来。老师诧异地看着他们俩,弄清楚状况后,老师笑道:"真像电影里的剧情。"

说者无意，听者有心。

程程回头看了那个男生一眼，他正好也在看她，四目相对的时候，程程听见命运的大门"轰"地推开，注定有故事发生。

她学法语是因为喜欢法国文化，他学法语是因为女朋友在法国。

程程有一点难过，但又好庆幸，还是遇见这样一个他。

一次聚会中，程程拉他来玩，我们便见到了她口中的男神。长相清秀，眼神中甚至有一点点忧伤，一个文艺又优雅的男生，对谁都非常温和；不说话的时候安静地呆在一旁，聊到什么话题的时候，你会发现他其实很博学，但他又总是很谦虚地适时将话题还给别人，不张扬。

程程会喜欢他，我们一点也不奇怪。

这样的男人，非单身，我们也不奇怪。

他自然是不可能接受程程的喜欢，有的时候，还会适当地拒绝她。受挫的时候，程程就来找我们："活了二十多年，终于知道爱上一个不可能的人，是什么感觉。明明很难过，为什么还是放不下？"

看电影《你的名字》的时候，程程说："好想和他交换身体，好想知道，他有没有，哪怕只是一点点在意我？"

那个体检扎针抽血都会痛到哭的胆小鬼啊，居然跑去文身了。

我问她："痛不痛？我也想去文一个。"

她扑闪着大眼睛："痛啊，我看着那个字一点点成型的时候，脑海里过完了一遍喜欢他所有的点滴。我没有哭，这是我甘愿的。我知道他总有一天会离开，可是，我真的很喜欢他，是不是有一点蠢？"

我摇头。

年轻的时候喜欢一个人，谁还没做过一两件蠢事情呢？

明知道那个人不属于自己，明知道如今这般汹涌的喜欢，迟早有一天都会归于平淡，明知道那许多爱他的勇敢，总有一天要全部收起隐藏。可是啊，在爱着的时候，还是情不自禁做了那些疯狂的小事。

2/

曾在网上看到有人问："你曾经为喜欢一个人做过最疯狂的事是什么？"

有人说："高中的时候身为学霸的他为了和自己在一起，宁愿放弃尖子班，和学渣的自己上普通班。然后辅导她提高成绩，后来上了同一个城市的不同学校，十年后，终于步入婚姻的殿堂，成了她现在的老公。"

有人说："放学路上，为了她，跟人打了一架。然后两个人，从小学一直到现在。"

有人说："异地恋，他生日的前一天，翘班跳上火车北上，给他过了一个超惊喜的生日，完了再坐火车回去，赶第二天上午的资格考试。从火车站一路赶到考点，惊心动魄。"

有人说："分开三年后，他们彼此之间一点联系都没有，突然有一天深夜，她出现在他家门前，她事先没有任何预兆地从国外回来，她说她想念他，在参加闺蜜的婚礼时，觉得以后和自己走进教堂的那个人必须是他,所以她回来了……"

那些答案一个个看过去,有的人有情人终成眷属,有的人后来还是分开了……可是写下那些曾做过的疯狂事时,他们无一不是感叹,在青春美好的时候,曾那样爱过一个人。

那些疯狂的小事,成为我们生命中璀璨的星光。

日本茶道里有个词叫"一期一会",意为一生中也许我们只能和那个人相遇一场,所以要以最好的方式对待他。这样,即便日后离开,想起曾真心相待过,便不辜负这一场相遇。

3/

有时我会想,究竟是怎样的机缘巧合,才让两个人在茫茫人海里相遇,没有早一秒,也没有晚一秒。

后来,命运又是怎样地离奇安排,让两个明明相爱的人,渐行渐远,又隐退在茫茫人海里。

很是唏嘘。

那些分开的人,其实好多也并不是发生了什么惊天动地,不可饶恕的错误,感情才分崩离析。

如果,如果有一个人,勇敢一点,再勇敢一点,结局会不会不一样?

一如当初,两个人走到一起时,也一定是有一个人勇敢地迈出了一步,命运才将两个人如此缠绕。

可是后来,为什么就没有当初那么勇敢呢?

也许是心灰意冷,勇气也已消耗殆尽;也许是懂得了命运安排,并不由你我……

幸好,他日回想起,曾爱过。

若有一天岁月打磨你我,不复勇往,请记得曾有个人为你疯狂。

哪怕只是梦一场。

喜欢就会放肆，但爱就是克制

> 很喜欢一个人的时候，反而不会贸然行动，因为害怕自己做错了什么，而永远失去拥有他的机会。

1/

思思微信上发来一条消息：

"一个男生说喜欢你，就会总想着和你发生关系，他还说男生都是先性后爱的，这是真的吗？这正常吗？……"

思思连问了几个"吗"，表明了她的匪夷所思。"我跟他才认识一个月左右，见了几次面，感觉什么都还没开始呢，这就要上床了？他怎么那么着急啊？"她无奈地说。

原来一个月前，思思经朋友介绍，认识了一个男生。两个人先聊了一阵，然后见面，居然没有"见光死"，还彼此互生好感。男生长得挺帅，性格也温柔，和思思有不少共同的兴趣爱好，思思有点心动，蛮喜欢这个男生的。

后来两人约会了几次，男生主动告白了，思思当然很开心，只是觉得两个人认识时间不长，可以再相处相处，培养培养感情，再确定关系。

男生起初没说什么,但后来相处的时候气氛就有点跑偏了。两个人约会看完电影很晚,男生提议:"要不晚上别回去了,正好周末,我们去酒店住一晚,然后第二天去看日出?"还有一次,两人在酒吧街看展,玩得有点嗨,男生有点醉意,伏在思思耳边:"你今晚真美,让我有点情不自禁……"

好几次明示暗示想跟思思上床,思思都展示了她的高情商,礼貌而委婉地拒绝了男生的提议。

但男生似乎并不罢休,还会有意无意地质疑,思思是不是真的如她所说的喜欢自己:"我不知道女生喜欢一个男生会有什么表现,男生很喜欢一个女生,就会想要和她'滚床单',想和她尽快确定关系。对男生来说,上床之前,谈情说爱拉拉手接个吻,只是餐前小点心,只有两个人上过床之后,感情才是质的不同,他才会觉得,这个女生是自己的女人……"

听完男生洗脑一般的话,思思依旧很疑惑:"他是真的喜欢我吗?还是,只是想睡我?是我太保守吗?可我并不是一个保守的人啊,我真的觉得,还没到那一步。"

2

关于两性,男生和女生天生就存在明显的矛盾。进化心理学认为,男人是狩猎型动物,遇到目标他们会展开攻势,穷追不舍,直到把猎物拿下;可女人是守家型动物,她们需要一个安全温暖的家,以此为依靠,生儿育女。男人女人一个主外一个主内,社会才逐步发展到今天。

体现在两性关系里表现为，男生喜欢一个女生，就会想要占有她；但对女生来说，她需要先确定这个男生是不是值得依靠，是不是能够给予足够的安全感，然后才会心甘情愿从心灵到身体都"臣服"于这个男人。

思思还没跟那个男生确定男女朋友关系，就是因为还不够确定，这是不是我要找的那个可以给我安全感，让我依靠的人。男生这时提出上床的要求，自然会让思思反感，甚至为难。

当然，作为一个女生，我并不能完全了解男生对这个问题的看法，于是去问了问情史丰富的小伙伴阿康。

阿康听后，讪讪地笑了笑："他可能是蛮久没有女朋友了，所以性需求强烈。男生为了自己的需求，很多时候可以把话说得很漂亮，哄得女孩晕头转向，什么'我真的好喜欢你啦'，什么'你真的太好了，我怕喜欢你的人太多了，所以我要先牢牢占有你'，什么'我对别人都没感觉，唯独对你有强烈的需求'……这些都是鬼话，其实男人那点心思，不管他耍什么花招，最后都是为了和你上床。

"这没什么好遮掩的，一个男人很爱一个女人的时候，是真的会渴望和她亲密接触，这是事实。而一个真心爱你的男人，会尊重你，会把你的意愿放在第一位，而不是强迫你，怂恿你。那个男生明示暗示地要和思思上床，这做法就有点差劲了。在我看来，他是在试探女生的底线，看看这个女生所持有的性态度是否开放。如此，一些心怀不轨的男生就能有机可乘。他们会觉得，反正她那么随意，那不如趁机和她上床；事后要是彼此觉得没什么感觉，转身说再见也不难。"

3

我听得咋舌，然后问："那两个人在一起多久，可以上床呢？或者说，多久发生关系，才不会显得轻浮，让两个人都能更好地接受？"

阿康像听到笑话一样，大笑："你以为这是种花花草草呢？什么时候会发芽开花，多久会结果子？我觉得，在上床这件事上，是自然而然的，是彼此都渴望拥有对方。男生不要过于心急，女生也不必太过保守和教条。"

随后阿康给我讲了一个他自己的故事。

阿康曾经喜欢过一个女孩，对她可谓穷追不舍，绞尽脑汁想了很多办法；比如连着送了一个月的早饭，陪她上晚自习，给她过生日，也做过当众告白的浪漫举动，最后女孩接受了他。

但那个女孩跟阿康以往接触过的女生不太一样，她很保守，应该是一直以来受到的教育使然。确定男女关系后，阿康想对她做些亲密举动，女生都很害羞，最后只能接受牵手和接吻。

阿康那时是真的喜欢她，喜欢她的乖巧和可爱，也喜欢她的懵懂无知和呆萌。他知道她的第一次还在，所以也不敢造次。一次两个人出去短途旅行，玩得很开心，晚上躺在小旅馆的床上，看着窗外的星星，那个浪漫的情境下，阿康是真的想和她发生关系，但女生拒绝了，并且给出一个时限"半年后"。

当下，阿康有点忍俊不禁，关于上床还有时间限制的。

不仅如此，女生还制定了很多的规则，诸如：一天要打几个电话、说几次"我爱你"、每天要陪她多长时间……如果做不到这些，就是不够爱她。

阿康有点招架不住了，这姑娘大概从来没正经谈过恋爱。后来，他们没有扛到半年就分手了。女生最后质疑："口口声声说爱我，你根本就做不到我定的那些标准。幸好当初我没有跟你发生关系，男人没一个好东西。"

谈恋爱不是做科学研究，恋爱是一件很感性很浪漫的事，它必须是发自内心的一种渴望，而不该被条条框框所局限。两个人相爱，一起做的事，一定是要两个人步调一致，互生爱慕与吸引。

4

想到塞林格说的那句话："有人认为爱是性，是婚姻，是清晨六点的吻，是一堆孩子，也许真是这样的，莱斯特小姐。但你知道我怎么想吗？我觉得爱是想触碰，又收回手。"

爱是想触碰又收回手，似乎也是韩寒说的那句"喜欢就会放肆，但爱就是克制"。很喜欢一个人的时候，反而不会贸然行动，因为害怕自己做错了什么，而永远失去拥有他的机会。

有人说，人类的情感出自本能，所以牵手拥抱接吻上床，都是本能。但我想，人类的爱情之所以区别于动物的繁殖，之所以那么美好，就是因为我们都希望暂时把本能放一放，花前月下，坐下来谈谈梦想，聊聊诗和远方。

他有女朋友，为什么还要来撩我？

> 暧昧是弱者的逃避。我们需要真正去爱上一个人，哪怕经历一些受伤，去认真解决情感中的问题，而不是一味躲避。

1/

闺蜜锦瑟最近遇到一个情感难题，她喜欢上一个有女朋友的男神，是对他有好感之后，才知道他有女朋友。

"我生气的是，他有女朋友，为什么还要来撩我？"锦瑟愤愤地说，"我承认，我是喜欢他，他长得帅，人又幽默风趣，是很招人喜欢。但如果一开始，我知道他有女朋友，我就不会对他有别的想法，更不会跟他有那么密切的互动，以至于现在越陷越深。"

女生是感性的，却不代表她们没有理智，有时候她们陷入情感的两难中，是因为一开始就被蒙蔽了。

锦瑟很生气，同时也很难过。"我都喜欢上他了，怎么办？我也不可能去做插足别人情感的事，可现在劝说让自己放下，真的好难过啊。为什么男生要这样，他有女朋友为什么还要来招惹我呢？"锦瑟不解地问。

是啊，锦瑟已经算是能及时收手的，换做别的女生，万一情感投入更深，虽然一开始是"被小三"，难免会因为"太喜欢，放不下"，变成"真小三"，备受内心的拷问和别人的质疑。

2/

为什么他有女朋友，还要去撩别人？大部分人会认为这是寂寞惹的祸，闲来无事，暧昧一撩。

其实不是的。

很多情感的发生，初始都是为了在别人那里获得认同感，从而提升自我价值感，营造安全感和归属感。

一个有女朋友的男生，还是很帅的男神级别，他还是会去撩别的女生。原因有两个：第一，跟女朋友的感情渐渐趋于平淡，在这份感情里，他获得的新鲜感和自我认同感越来越少；第二，他需要在别的异性那里获得更多的认同与欣赏，来确认自己是"被爱"的，有价值的。

可能有小伙伴会问："他跟女朋友关系不好，可以分手啊，为什么要劈腿，跟别人搞暧昧？"

我们必须承认，这世上没有一个人，可以满足我们对感情的所有需求，即便他是你最爱的人。举个简单的例子，你工作上出了难题，你会跟喜欢的人吐槽和抱怨，但你不会奢望他给你一个解决的方案。但你的同事可以。一个有才华的异性同事，这时挺身而出跟你共患难，假如他还单身，不排除你们之间会渐渐滋生好感，对不对？

但好感跟喜欢、爱，跟要在一起做男女朋友，还是有差别的。感情不是非黑即白，很多时候是有灰色地带的，容纳了"暗恋""单恋""暧昧"等许多这类情感。

"所以他有女朋友，也会喜欢别人"，作为成人的你，请相信，这一定是感情里最真的真相。"他会喜欢别人，不代表他就不爱你了"，请相信，这也是感情里最矛盾的安慰。

3

但感情是要有边界的，正如，灰色地带也终究是有底线的。

锦瑟喜欢的那个男神，起初对锦瑟隐瞒有女朋友的事实，让锦瑟对他产生好感，并幻想能跟他在一起。但后来，还是对她说明，他有女朋友。

这就是他的底线。

他没有明说，但其实已经告诉了锦瑟他的态度："我对你也是有好感的，但我有女朋友，我们不会有什么。"

锦瑟不解："他这是在玩我吗？"

在别的异性那里获得认同，提升自我价值感的方式，要么是情感慰藉，要么是肉体慰藉。很显然，锦瑟喜欢的男神选择了前者，也就是所谓的柏拉图。

说白了，人家没打算分手，就只是想跟你暧昧一下，过过瘾。你这时候要是再对别人纠缠，就是你自愿自轻自贱了。

其实情感慰藉也会玩出火的。

小伙伴团子喜欢的那个男生，就一直跟她说，他跟女朋友之间已经没感情了，女朋友多么多么不堪，他们迟早会分手。男生对团子许了承诺，让团子以为他们是有未来的，他会对这段感情负责。

有了期许，这样的暧昧就是过界了。

就像现在的锦瑟，男神表明只是跟她暧昧玩玩，但对锦瑟来说，她已经走了心，对他们之间的感情抱有期待，谁承想，这期待一下子落了空。

4/

有女朋友的人，还去撩别人，有时也难免有"骑驴找马"的嫌疑。

说到底，他在比较。

对身边这个，不是很满意，但可能因为时间久，或对方对他感情深等原因，还凑合在一起，说白了，就是没到分手的地步；同时呢，又对别人产生好感，试着接触，看看她是不是够好，能满足自己对情感的需求。

这种自私对感情中的其他两个人，是不公平的，尤其当她们付出真心真情的时候，殊不知却被男生当成了比较的筹码。

锦瑟之所以生气难过，也正因为如此。

5/

遭遇情感难题时，人们有时会不解地问："为什么是我呢？为什么偏偏是我摊上这样的倒霉事？"

曾经跟一个花心的男生聊过，他说，男生暧昧绝对不会只跟一个人暧昧，他一定是同时对多个女生抛出了诱饵。

他会对很多人说"早安""晚安"，称呼很多人"亲爱的""宝贝"，会对你表示温柔和关爱，也会转身对别人大献殷勤……

他同时周旋在好多人中，就像是经验老到的钓鱼人。他对每个人的态度，好或坏，亲密或疏远，全看那个人如何回应他。

也就是说，最后那个人之所以是你，可能是因为，在众多目标中，你对他抛出的诱饵表现出了更多的回应和期待。

换句话说，他之所以诱惑得了你，是因为他知道，你已经上钩了。暧昧就是钓鱼的钩子啊，你跟他暧昧越多，只会让你越陷越深，最后挣脱不了。

锦瑟点点头。

"是啊，他对我表现关心的那一阵子，正是我失恋不久，感情上很需要一个寄托，他的出现让我以为，我遇到了合适的人。可是呢，多么讽刺。"

6

锦瑟问："我这么伤心，可搞暧昧的他，好像依旧很逍遥，享受着两个女人对他的爱慕，这太不公平了。"

我并不这么认为。

想起那个花心男生最后说的话:

"我们的内心是空虚的,暧昧得越多,越不知道'爱'是什么,你知道吗?我觉得'暧昧'这个词太神了,暧昧等于爱没。习惯搞暧昧的人,多半都是爱无能的,陷在一时暧昧的虚幻里,误以为获得了真爱,其实不过是自欺和欺人。暧昧是弱者的逃避。我们需要真正去爱上一个人,哪怕经历一些受伤,去认真解决情感中的问题,而不是一味躲避。"

所以你看,暧昧会上瘾,却不能包治百病。

至于锦瑟,我不知该如何劝慰她,感情的事冷暖自知,旁人从来都很难真正给予什么切实的安慰。

感情最忌讳自作多情,陷入自己给自己编排的虚幻里,他明明没有多么喜欢你,你却觉得他是身不由己,他有难言之隐。

真爱不是幻觉,如果他真的喜欢你,他会处理干净自己身上的感情纠葛,再来找你。

如果他没来,那就是不喜欢你。你又何必再纠结心伤呢?

谈恋爱到底要不要用"套路"?

> 不用"套路",是因为没那么喜欢吧?

1/

常常有人会问:"谈恋爱到底要不要用'套路',用'撩技'会不会就不真诚?"

有些双商高的人,也被称为"自带撩技",他说的话总是那么恰到好处,让人浮想联翩,于是喜欢他的人就犹豫了。"他是只对我一个人这样好吗?还是对谁都用'套路'?"

我想关于"套路",大家或许有个误区,用"套路"未必就不真诚。讲真,"套路"有时跟双商一样,是天赋,是稀缺资源,是社交高手的杀手锏。

有一天,小伙伴犯难地问:"如果遇到喜欢的男神,应该怎样要到他的联系方式呢?"让大家帮忙出主意。

"我不会告诉你们,我是直接去派出所查的户籍科,他所有的联系方式我就都知道了。"中二少女笑着说,涨得满脸通红。

虽然不具备参考性,但大家还是被逗乐了:"那你人脉还挺广哈。"

小爱顿了顿,说:"如果是我,我会先了解一下他的喜好,比如他喜欢什么书、爱吃什么、爱看什么话剧……然后我会说'我这里刚好有你喜欢的×××,可以快递给你呀',这样就可以要到他的地址和电话;或者'我也喜欢那个话剧,买了两张票原本是要和闺蜜一起去,但闺蜜有事去不了了,如果不介意,我们一起呀',这样就可以顺势要到他的微信号……一点都不难。"

听完,小伙伴们异口同声地说:"好'套路'啊。"

小爱一脸茫然,说:"这就很'套路'了吗?可是,如果真的那么喜欢,就会想方设法去接近他,想要得到他。有'套路'可以用,你偏不用,是因为你没那么喜欢吧?"

对呀,超级有道理。所谓"套路",不过是情商高一点的做法,把目的稍微遮掩起来,委婉地接近,留有进退回旋的余地,是让人更易接受的、舒服的方式。

2

我忽然想到不久前听来的一个"套路"。

两个人互有好感,但迟迟没有更深入地推进关系。有一天深夜,女生发了一条消息给男生,发完之后,她就有些后悔犹豫,于是赶紧撤回。幸好那时男生已经睡了,没有看到她发的内容。

第二天醒来,男生看到女生撤回了一条消息,于是询问她,到底发了什么?

女生很害羞,若解释是不小心发错了,显得很随意;但直接说出来,她又不好意思,深夜打扰,不管怎样都显得小暧昧。

于是女生话锋一转，设了个小圈套："你猜呀，如果猜不到，我隔三天，同一个时间再发一次，这回你就知道啦。"

一下子就把男生的好奇心吊了起来，于是果然在第三天晚上，默默守着，等到女生撤回的那条："你睡了吗？今天的月亮好美。"

这一次，男生当然没有睡，还和女生畅聊了起来，夜晚的气氛也很适合赏月，两个人都聊得意犹未尽，感情迅速升温。

如果没有这个小"套路"，也许女生还处在不知道如何接近，左右徘徊的境地；男生也处在不知道女生到底什么想法，前思后想的犹豫里。

"套路"用得好，无疑是给两颗想靠近的心，搭建起一座稳稳的桥。

3/

小伙伴听罢，立刻反驳："这个'套路'对我来说未必就有用哦，别人撤回的消息，我一点也不好奇。她要是告诉我三天后还会再发一遍，我没准会觉得这是个神经病，把她拉黑了。"

说得没错。

不是什么"套路"都管用，很多时候还得因人而异，那个懂得你"套路"，并愿意被你"套路"的人，请珍惜他。不是因为他傻，也不是因为他好哄，只因为他走了心，愿意被你继续撩下去。

我常觉得，爱情也许并不是一件多么深刻的事，它有时只是一件轻盈的小事。

喜欢上一个人可能只是一瞬间，一瞬间的心动，一瞬间的温暖治愈，一瞬间的美好。

这样的瞬间，实在太重要。懂得一些"套路"和撩技，会催生这样的瞬间，让两个人迅速有好感。

可是我们都知道，喜欢和爱是两回事，喜欢也许只是一瞬间，但爱是长久的事。

如果只懂得用"套路"，当然也不行，撩一下，就没了后续，催生的感情，最后也没有生命力，只会渐行渐远，像烟花一样，迅速升空，然后消失。

所以小伙伴问："要到男神的联系方式，然后呢，然后怎么办，继续'套路'吗？"

小爱摇摇头："重要的根本不是'套路'，而是，当你们建立了联系之后，如何再悉心经营彼此的感情。"

4/

每当有人问："谈恋爱要不要用'套路'？"我也总会忍不住想吐槽一句："说得好像你一用'套路'，就能让人爱上你似的。"

事实当然不是这样。

没有人可以永远"套路"别人，"套路"只是一时的机智，是一时的捷径，会用"套路"不是什么值得炫耀的技能，因为"套路"之后要有真心。

　　"套路"是你一次次在图书馆掐着点儿跟他假装偶遇，然后一起上自习；而真心是他早就识别出你的伎俩，却每天也掐着点儿出现在你面前。
　　"套路"是你假装答应另一个男生的约会，还一不小心让他知道这个消息，他便终于告白；而真心是他早就想跟你告白，只不过苦于没找到合适的机会。
　　…………

　　而没有真心的"套路"是什么样呢？
　　他花言巧语哄得你开心，其实他"套路"了你，也"套路"了别人，只不过你先上钩，别人后上钩。
　　她扮委屈装可怜，离间了你和女朋友的感情，但她也并没有多喜欢你，她只是惯性"集邮"。你上了钩，她还一脸惊讶："不好意思，你可能误解了什么……"

　　"套路"太明显，撩技太过，都是幌子，假爱之名。
　　愿那个"套路"你的人，也恰好是你想"套路"的人。
　　我想"套路"你，还想和你认真一辈子。

没有自我的人，在爱情里没有位置

> 我喜欢你，我想变成更好的自己。无论何时我都不能失去我自己、因为亲爱的、那不正是你爱我的原因吗？

1/

周末正在美容院做着SPA，突然从隔壁屋传来一阵哭声，我跟按摩师小姐姐对望一眼，很纳闷，这是怎么了？

按摩师小姐姐怕出什么事儿，赶紧过去处理。

过了好一会儿回来，关上门，看见我叹口气："唉，老公出轨了，搁那儿哭呢。"

随后小姐姐就把事情的来龙去脉给我"八卦"了。

杨姐是一家知名幼教培训机构的销售经理，工作忙，也挣得多，几乎是家里的经济支柱。老公比她小四五岁，挣得不多，工资权当是每个月的零花。

杨姐超爱他老公，平时自己舍不得吃、舍不得花，无论什么东西，都要给老公先买上。名牌衣服、名牌表、苹果手机一出新款就给他换，她总说："男人在外面应酬讲究面子，喜欢他就要给他最好的，不能让他没面子。"

按摩小姐姐说，刚看了下她手机里的照片，杨姐的老公被她捯饬得真的挺帅气的。

而杨姐自己因为工作忙，生了孩子还没好好休息，就去上班了。虽然办了美容卡，但总没时间来；近来身材发福，脸上皮肤也不好，还颇有倦容，加上本来就比老公年纪大，这下看着比他老了许多。

后来，老公就频繁出差，说工作忙。其实杨姐大概也猜到了，却因为爱他，不敢摊牌。她还一个劲儿给他买名牌衣服和包，给他换好车，指望通过对他更好，让他回心转意。

杨姐用失去自我的方式，试图换取他一些微薄的爱。却不料，老公直接把小三带回家，被杨姐捉奸在床上。人生竟过得如此狼狈不堪。

2/

杨姐想不通，自己对他那么那么好，一心为家，累死累活地挣钱，像一头任劳任怨的老黄牛，为了老公和孩子，真是把自己熬成了黄脸婆。最后，男人却勾搭上二十多岁的小姑娘，不要她了。

按摩小姐姐心也比较大，拿着镜子给她看："你自己看，你现在什么样，这个样子，是个男人都不会喜欢的。"

直接戳中了杨姐的伤口，惹得她更号啕大哭："我都想着他了，从来没好好为自己。"

听来真是令人唏嘘。

道理其实很多人都知道：很爱很爱对方，恨不得把自己拥有的全部都给他，爱得失去自我，把对方高高供着，这样却通常换不回对方同样对你的深爱。

不是不能很爱对方，前提是，你也要足够爱自己。好的爱情是两个人一起变好，是两个人都想对对方好，而不是靠一个人的牺牲，换来另一个人的好。

这样的感情不叫爱情，叫"跪舔"，跪舔式的感情最后会变成农夫和蛇。

3/

你们不觉得失去自我是一件很可怕的事情吗？做什么都围绕另一个人转，而不是为了自己。

以前我遇到一个姑娘，她也很爱她男朋友。

一起出去吃饭，点的都是男朋友爱吃的，问她自己喜欢吃什么，她说："你爱吃的，我也都爱吃。"

出去逛街买衣服，试了衣服出来，男朋友说喜欢哪件她就买哪件，即便自己更喜欢另一件，还是会听男朋友的，也不管那件是否适合自己。

找工作也是，男朋友让她不要去太远的公司，就近就好，哪怕工资不高，工作清闲……但其实她自己并不喜欢那份工作。

…………

她是真的很爱她男朋友。久而久之，有点芝麻大的事情，她第一时间就会问男朋友的意见，自己丝毫不能做主，也懒得去做决定，觉得男朋友帮她选好就好。

可是后来，男朋友还是喜欢上了别人。男生心里有愧，来找我，让我劝劝她。

"她真的很好、很乖，可是太乖了，太没主见了，没有一点性格和脾气，生活得太平淡了，如果这样的生活要过几十年，太可怕了；她的世界里什么都围着我转，我也很恐慌，连给她爸妈买什么新年礼物，都要听我的。我就觉得，我是养了个女儿，不是找了个女朋友。"

一个没有自我的人，在爱情里是没有位置的，因为你的爱情乏味无趣，没有生命力，没有新鲜感，也没有一点价值。

4

要让自己的爱情被对方珍视，首先你要学会珍视自己，不要那么轻易地为了对方而改变，甚至失去自我。

我特别特别欣赏的感情是：
"亲爱的，我好喜欢你。"
"我也是，好喜欢好喜欢你。"
"亲爱的，看到这片小区没？未来五年我要努力工作，在这里给你安一个家。"

"真的吗？如果这是你的心愿，我也要像你一样努力，我们一起加油。"

好的感情，不仅仅是维持美丽的外表，也不仅仅是追求舒适美好的生活，是两个彼此契合、相互吸引的灵魂。

我喜欢你，所以我想变成更好的自己。无论何时我都不能失去我自己，因为亲爱的，那不正是你爱我的原因吗？

第七篇
yusheng youni,
renjian zhide

离开以后才发现，不是非你不可

◆ 不恋爱死不了
◆ 不再回头看你，像从未经历这场伤心
◆ 离开以后才发现，不是非你不可
◆ 什么样的女生容易遇到「渣男」？
◆ 前任的东西不扔了，难道留着复合吗？
◆ 我热情有限，你抓紧时间
◆ 别自作多情，你忘不掉的人早就忘了你

不恋爱死不了

> 孤独不会杀死你,稀里糊涂地去爱一个不喜欢的人,这种巨大的空虚才会杀死人。杀死你对生活的热情、对爱情的憧憬与向往、对美好未来的渴望。

1/

看见群里有人分享一个活动链接,大意是:只谈一个星期的恋爱,做一个星期的恋人。

我有点不理解,这么随便的关系,真的有人会去参与吗?

有个小伙伴说:"大家没有认真啊,就觉得好玩,也许可以在里面遇到有趣的人吧。"

我愈发觉得不理解了。既然大家都没有抱着认真的态度,又何必参加这样的活动呢?

朋友小糖取笑我:"你不懂了吧,这就是小年青随便玩玩的,谈恋爱就跟玩游戏一样。"

好吧,看来是我把恋爱关系看得太慎重了,竟没想到,感情也可以当作一种流行的游戏。

我问小糖:"现在想要认认真真谈个恋爱是不是会被人取笑?"

我认真得像个老古董。

小糖鬼精地说："大家倒也不是不认真，在这个什么都快速消费的年代，大家对速食爱情更习以为常而已。以前那种'车马信件都慢，一生只爱一个人'的爱情，大概只能是奢望了。"

我们每天会遇到很多人，比方有好感的，却没有花更多时间去深入了解，不加甄别地就把好感当作了喜欢，把喜欢夸张成爱，很快就在一起，然后接吻拥抱上床……然后呢，才发现两个人根本相处不来，生活习惯、喜好都不一样，然后大吵几架，分道扬镳，转瞬投入到下一个人的怀抱。

他们说这叫随性，自由自在。可我却分明地觉得这样速食的关系，格外孤独。

快速地相遇，快速地分离，他们并没有在彼此的生命中留下深刻的痕迹。可爱情，本该是刻骨铭心的东西，需要时间的沉淀。

2/

小糖自称"恋爱达人"，她不能没有爱情。

喜欢这件事对她来说，像哈根达斯的冰激凌，像游乐场的过山车，像喜欢的那件糖果色公主裙，很新鲜、很刺激、很梦幻。唯独，不够持久。

她很容易喜欢一个人，因为模样乖巧、古灵精怪，也总被很多人喜欢。"喜欢"像是生活的必需品，她从来不缺，也从来不让自己缺。恋情维持得久一点的，有一年左右，也有快速枯萎的，到不了一个星期。

她经历过很浪漫的告白，也经历过很狗血的劈腿。起初有过很纯真的爱情，也有过痛彻心扉的分手，可渐渐地，心像是被锁了起来，不会轻易地被伤害到，也不再轻易地相信地久天长。

小糖说："有时也觉得寂寞，生命中那么多男人来来往往，却没有一个真的留下来的。人生真惆怅。"

我问小糖："谈到后来会不会觉得累？为什么一定要不停地恋爱呢，有没有想过不恋爱会怎样？"

小糖苦笑："不恋爱？不恋爱会很孤独吧，一个人去吃饭、看电影，形单影只多可怜，一个人吃火锅是世界上最悲伤的事。

"不恋爱会被当成异类吧。你看满世界都是情侣，他们多幸福，如果一个人，好像会有掉队的感觉，好像是在默认自己什么地方不行，差别人一大截……"

不知道是不是触动到了小糖，她停了停，说："其实我就是怕一个人，一个人的孤独寂寞。这个世界太快了，好怕一个人独行。"

我抱了抱她。

忽然间似乎明白了，为什么会有人对"只谈一个星期的恋爱"这种活动感兴趣，他们不是要找个什么人恋爱，他们只是在找个人陪伴，让自己不那么孤独罢了。那个人是谁，长什么样，会不会爱我们很久，这些并不那么重要，就像小时候害怕一个人睡觉，妈妈递给我们一个毛绒玩具熊，我们紧紧地抱着它，慢慢地也就能入睡。

毛绒玩具熊只是个安慰，一如现在我们降低对爱情的期待，可以随便跟许多人将就。

3/

可是有没有想过，为了逃避孤独而恋爱，才是这世上最孤独的事。

跟一个不是很了解的人，一个不那么爱的人在一起吃饭睡觉逛街旅行，看似很亲密，其实那不是爱情，只不过是个玩伴而已，就像儿时的玩具熊那样。

一时兴起，片刻欢愉，然后很快就厌倦，一点不快乐。

大家都很忙，都有自己要做的事，没有谁会格外更体谅谁，包容谁。因为不够爱，感情脆弱得像玻璃一样，所以会轻易地说出伤人的话，做出伤人的事。之前还"亲爱的亲爱的"叫个不停，随后就冷漠地什么都不想说。

脆弱的感情，滋长了自私，谁都希望对方多爱自己一点，可事实上，谁都比谁更狠心绝情。

并不是两个人就可以分担痛苦和孤独，有时两个人会比一个人更孤独。

4/

阿帆下周要去台湾旅行，一个礼拜，一个人。

他年纪不小了,也总有人看不下去他还单身,要给他介绍女朋友,要拉他相亲。他都一一拒绝,"一个人挺好的,至少我现在很享受这种单身的快乐"。

和前任分手两三年,他都没再恋爱,"成长教会我们的,除了知道自己想要什么以外,就是我们知道该如何去得到自己想要的,以自己舒服的方式,而不是别人认为好的方式"。
我非常钦佩他这种状态。

一个人会不会也有孤独的时候?
"会,当你一个人吃年夜饭,这种孤独格外深刻。"

某一年,他为了躲避父母的催婚,春节期间一个人跑去国外,谎称跟有好感的女生去旅行。其实只是一个人在异国他乡,看着空中四溅的烟花,独自饮酒。
"一个人只有经历过真正的孤独,才会深切地明白自己需要什么,想和一个什么样的人携手一生。当你经历了那样的孤独,你才不会轻易地将就,不会随便跟什么人凑合。你一个人也可以活得很好,所以你需要的,是另一个'和她在一起会更好'的人,而不是一个随随便便的什么人。"

不恋爱死不了,真的,孤独不会杀死你。稀里糊涂地去爱一个不喜欢的人,这种巨大的空虚才会杀死人。杀死你对生活的热情、对爱情的憧憬与向往、对美好未来的渴望。

　　现在的阿帆，每个季度都会给自己安排一个假期，有时是去一个地方旅行，有时是跟小伙伴约好去攀爬、去摄影……他说："我现在常常觉得自己又变得年轻了，对什么都好奇，对什么都感兴趣。"

　　我忽然想起一句话"对世界花心，对爱人深情"。
　　不恋爱死不了，你可以很快活，一个人放肆地闪耀。
　　不恋爱死不了，要死就一定要死磕在一个很爱很爱的人手里，那样也值得。

不再回头看你，像从未经历这场伤心

> 爱情没法装傻，当你足够爱一个人，你就该有足够的勇气。爱很简单，爱就是我要我们在一起。他不爱你，才装傻到底。

1/

洋芋曾经哭着对淮南说：
"你以后会后悔的，后悔当初没有好好珍惜我！"

又怎样呢，淮南还是淮南，并没有成为洋芋的男朋友。
确切地说，淮南依旧是另一个女生的男朋友，可他同时又给了洋芋希望。

一次校友聚会，洋芋对淮南一见钟情。回去后，她就向当天组织聚会的朋友打听淮南，让她万分沮丧的是，淮南已经有女朋友了。
理智告诉她，她应该立刻放弃；可头脑中催生的情愫怂恿她，想方设法去接近他。

在洋芋的撺掇下，几个校友一起搞了个小型创业，说白了就是几个人利用业余时间做点跟本职工作相关的代理业务，各自充分利用自己的资源。

大家伙都是第一次创业,特别有积极性。尤其是洋芋,周末见人谈事,她总是拉上淮南。

她当然是有私心的,就为了多见见他。洋芋尚且保留了最后一丝理智,没有主动去追求淮南,只是想各种借口去找他,用她的话说就是"我不能喜欢他,我就看看他也不行吗?"。

可是喜欢这种东西,捂住嘴巴,也会从眼睛里泄露出来。

洋芋没有做什么过分出格的事,全不过是些琐碎的小事,可感情就是这些小事一点点堆积起来的。她留意淮南的喜好跟口味,吃饭时总会点他爱吃的东西;她知道他喜欢书法,就跑去798给他淘上好的文房四宝;他偶尔有个头疼脑热,洋芋也是无微不至地关怀着。

有时带客户出去谈事、吃喝玩乐,回去的时候淮南送洋芋。他们见过凌晨两三点北京的夜景;在狭窄的屋檐一起躲过夏天的暴雨;一起熬夜做方案,最后拿下合作,并情不自禁地拥抱对方……

当感情被察觉到的时候,早已经是汹涌之势,按捺不住了。

2/

淮南说:"只是后悔,当初没有装傻到底。"

他当然能感觉到洋芋的感情,期间也经历过猜测、否定、再次确认的阶段;也经历过纠结和犹豫,明知道对方喜欢自己,还要不要继续跟她保持联系？

淮南也曾认真想过，洋芋跟女朋友，究竟更喜欢哪一个？

"女朋友有她的好，温柔安静，给予充足的信任，从不约束我，和她在一起很安心；洋芋不一样，她新奇、好玩、刺激、好看，是男人拒绝不了的那种女人，可也是男人不放心的那种女人。"

我皱眉，不喜欢淮南这样评价这两个女生，其实说到底，他是自私的，被人过分爱着，便自我地去评价她们。

他到底没有经受住洋芋的魅力，在一个月光很好的夜晚，在一棵花香四溢的树下，亲吻了她。

欲望是贪婪的，起初明明只是想站在一旁多看看他，后来就变成想要占有。

"你是喜欢我的对吗？为什么从来不说？"淮南抱着洋芋的时候，不解地问。

洋芋便把对他的一见钟情，又碍于他已有女朋友，只能一直压抑自己的喜欢，隐藏着不表达出来；但感情是无法自控的，她做不到不喜欢他。如此种种，悉数说给他听。

淮南被感动了。人在感动的时候，会禁不住地夸大对对方的感情。

3∕

是自己捅破这层窗户纸的，他不能假装什么都没发生。

冷静下来，他发现自己又无法分手，他对女朋友还有眷恋，她是无辜的，什么错都没有，没有道理平白地被分手。

可一看到洋芋，他又有说不出来的开心，像是重新回到热恋期。

他喜欢她，又做不出任何承诺。有时也会自私地想："算了吧，就这样两个都要，不可以吗？两个都爱。"

他想得倒是很美，但关键是，两个女人答应吗？她们一直被欺瞒在鼓里。

女朋友觉得淮南初次创业，每天劳累奔波，即便疏远她，也是情有可原的，所以毫无怨言地支持他的所有工作。她却不知道，他和洋芋搞到了一起。

洋芋以为淮南跟女朋友没有了感情，因为他说他们平淡如水，她以为淮南迟早会跟自己在一起，只是时间问题。

直到淮南的女朋友在咖啡馆撞见他们两个约会，举止亲昵。

冒险者的心态是，铤而走险的时候，都以为自己是最例外，最好运的那个。

4

被撞见了也好，洋芋觉得正好可以明明白白地摊开了说："选我还是她？"

彼时她正处在自认为的热恋期里，以为淮南会毫无悬念地选自己。只可惜，把自己放在被选择的位置时，她就该想到，这一局她没有议价的资本。

　　淮南又犹豫了好一阵，他纠结，分不清自己究竟爱谁。哪个都想要，哪个都放不掉，真正令他犹豫的，其实是自己填不满的欲望。
　　这个时候谁不淡定，谁就输了。

　　大概洋芋是真的喜欢淮南，所以才会有那么强的得失心，她开始变得疑神疑鬼，淮南一没及时回复她的电话短信，她就没有安全感，不停地给他打电话；她还像以前一样找他，他一旦说去不了，她就忍不住想，他是不是要和女朋友在一起……于是争吵、解释、不信任开始充斥在他们之间。
　　原本梦幻般美好的相遇相爱，没用几天就幻灭了。

　　人性是最经不起推敲的，她指责他脚踏两只船，欺骗她的感情，他指责她掌控欲太强、霸道、不讲理。
　　淮南的女朋友倒是很淡定，丢下一句："你处理好了，想清楚了，再来找我。"

5/

　　淮南要离开的时候，洋芋绝望地说："对你而言，这不过是一个游戏吧？可我从一开始就走了心。大概，对一个游戏过分执着，是不道德，和愚蠢的。"
　　她没有回头，像不曾经历这段伤心事。

淮南说:"后悔当初没有装傻到底。"

洋芋说:"后悔当初,没有小心隐藏这份爱情。"

许久以后,洋芋还是会偶尔想起淮南,想起那些可笑的,不值一提的琐碎小事。虽然没有好的结局,但,爱过自有爱过的证据。

"乔乔,其实我们都是自私的胆小鬼,对吗?却又忍不住哄骗自己,以为自己很勇敢,能为爱勇敢。"洋芋说。

我不知道。但爱情是那么宽容的东西,能容纳许多曲折的心事,和求不得的悲欢离合。

我只知道,爱情没法装傻,当你足够爱一个人,你就该有足够的勇气。爱很简单,爱就是我要我们在一起。

他不爱你,才装傻到底。

离开以后才发现,不是非你不可

> 时间从不为谁停留,人也该如此,不要停在伤口处,徘徊不去。

1

小羽是我一个读者。

她在微信上给我发了一条消息:

"乔乔,我现在在广州,找到了新的工作,和朋友合租,生活刚刚安定下来,一切都在重新开始。我会努力忘了他,哪怕是慢慢熬过去,让自己好起来。"

两三个月前,小羽的人生天翻地覆,她说,她正处在有生以来最低谷的阶段。

小羽和男朋友在大学里就恋爱了,毕业后又相处了两年多,春节的时候,两个人互相见了家长,小羽的爸妈对她男朋友挺满意,觉得他们感情稳定,可以考虑婚事。于是约定今年六七月份领证,十一长假结婚。

当时男朋友的父母态度含糊,没说同意也没说反对。小羽隐约觉得有点怪,但没多想。

春节后,他们各自回去上班,两个人虽然同省,但在不同城市,算是短途异地。回去后小羽还在想,如果以后结婚,她要怎么想办法调到男朋友所在的城市工作。

婚姻对女人来说,是憧憬已久的人生大事。小羽很开心,觉得每过一天就离那个巨大的幸福时刻更近一步。

可时间一个月一个月地过去,男朋友和他的家人没有再提及跟婚姻有关的话题。小羽觉得蹊跷,但安慰自己,也许他是工作忙;他也的确忙,加班越来越多,以前每个周末两个人一起过,现在常常变成一个月才见一次。

临近约定领证的时间,小羽终于憋不住,问什么时候去领证。男朋友支支吾吾说:"结婚是人生大事,我还没想好,要不给彼此再多一点时间考虑?"

小羽感到晴天霹雳一样意外:"我已经想好了啊,难道你没想好吗?"

在小羽的追问下,她才知道了让她意外的真相。原来男朋友的父母并不满意小羽,并给他安排了别的相亲,而讽刺的是,男朋友觉得那个姑娘还挺好。

"你别怨我父母,也别怪她,要怪就怪我,是我没想好,我们冷静冷静吧。"最后他丢下这样一句。

2

本以为自己要做他这个世界上除了血缘关系之外最亲的人，到头来一切都是自欺欺人。

家里人得知消息后，本来要找男朋友大闹，小羽拦住他们："闹什么，难道要责怪他为什么不要我？难道要让他知道，除了他，没人会要我了吗？"

她主动提了分手，她说，自己不过是在捍卫最后一丝尊严。不想真的等到被人甩的那一刻。

他没有挽留，也许，一切正中他下怀。

六年的感情，小羽觉得他已经刻在她的生命里了，她的世界再也不能没有他，她坐在卧室里，随便看见一件东西，就会忍不住想起他。这是和他一起逛街买的新衣服；这根项链是他送的生日礼物；那是他们一起去拍的大头贴；这是他打了一个暑期的小时工，送给她的手机……

说好一起过一辈子，他提前离开了。

她甚至不知道，他什么时候变了心。**爱情是多么可怕的事，你还爱着，他却已经在谋划离开。爱情是个残忍的东西，美丽的风景过后，等你的是一地狼藉。**

小羽觉得自己失败的理由很无力，"我父母觉得我们不合适"，其实就是不再爱了吧，或者不够爱。

承认自己深爱的人不够爱自己,这是一件多么残酷的事。可是爱过的人,又怎么会去撕破脸大吵大闹呢。

那个时候,很晚很晚,我在电脑前写文章,小羽就在微信上跟我聊天。

"乔乔,有时会觉得自己的人生好失败啊!

"甚至会想到死,如果我死了,他会良心不安一辈子吧。可这样未免太轻贱自己了。

"我又梦到了他,可这一次他牵着别人的手,就连在梦里他都不给我一个好梦。

"乔乔,我睡不着,觉得自己快要撑不下去了。"

我就一边听她说话,一边劝慰她。有时什么都不说,只听她说。其实道理我们都懂,只是现实太难接受,很多时候我们要的不是真相,是安慰。

后来小羽默默辞了公务员的工作,南下去了广州。

她说:"我要离开了,希望可以一切重新开始。"

3/

去了新的地方,换了新的工作,在不熟悉的环境,应对不熟悉的人和事。小羽忙得焦头烂额,每天都在适应,在学习新东西。她说:"乔乔,我觉得这样过着,也挺充实的。"

人是这样的,转移一下注意力,就会觉得先前把自己伤得死去活来的事,也变得不值一提。毕竟更要紧的是房租啊,是每天的水电费啊,一日三餐啊,还有上司交办的差事……

深夜的时候,有时也还会想起他,可也没有那么想念了。

也许这样也好,我们每个人都有自己要过的人生,离开你以后,才发现,也不是非你不可。

还偶尔会听到同事提到他,知道他的家人在给他筹钱买婚房,知道他和她已经领证,心还是会刀割一样痛。可是,脸上还是会努力挤出一个微笑:"挺好的呀,祝福他。"虽然眼泪还是会掉下来,但心里会跟自己打气:"最后一次为他哭,熬过去,你也要好好的。"

并不知道自己是否真的能熬过去,心里却想着,一定要熬过去啊。从一开始想屏蔽他的朋友圈,让自己不看见就不伤心,到慢慢能接受看到他的东西,却不再难过。再然后,慢慢心如止水,偶尔能微笑说起过去,说起自己的低谷。便渐渐明白,谁都一样,不是非你不可。

笑得出来的时候,就熬过去了。

小羽说:"乔乔,这个周末我终于不用加班啦,可以好好休息一下。"转而又狡黠地说:"有男生约我吃饭看电影,你说我要去吗?"

"去呀，干吗不去，难道××之后，你就怕男人了？"我怂恿她。

"他说他喜欢我，其实，来广州这段时间，他真的照顾我蛮多的，我也对他有好感诶！"小羽在微信里害羞地说。

窗外阳光很好，秋天的天空，蓝而高远。

你看，时间从不为谁停留，人也该如此，不要停在伤口处，徘徊不去。

夏天过去了，秋天和冬天就来了。

爱不下去的人，换一个重新爱，不是非谁不可。

什么样的女生容易遇到"渣男"？

> 因为缺爱，你会把他们一些明明看上去不合理的行为，合理化为是爱情，是安全感。

1

小茹生日，大家聚在一起给她庆生，但她看起来闷闷不乐。

眼尖的闺蜜凑到我耳边说："怎么没见小茹的男朋友××？"

我环视一圈，确实没发现他的踪影，爱八卦的七七听到我们的嘀咕，使了个眼色，悄声说："分啦，好像都俩礼拜了。"

我们互相交换眼神，表示好吃惊。

生日会结束后，我们本打算去K歌，小茹推脱说身体不舒服，没和我们一起。

包厢里，几个女人聚在一起，又开始谈论各种八卦了，话题自然围绕今天的主角。

"感觉小茹这次还是挺受伤的。"七七率先打破沉默。

"他们到底为什么分手啊，小茹那么爱他，我记得小茹出国的时候给他买了好多贵重的礼物呢。"小伙伴摇摇头，替小茹不值。

"听说是小茹想要一个名牌包作为生日礼物，但那男的没给她买。小茹说'你不给我买也没关系，但我们恋爱这么久，你都没送过我一样像样的礼物……'小茹本来只是想抱怨顺带撒个娇，求礼物，没想到男友直接骂她物质，俩人就闹掰了。"

"他凭什么说小茹物质啊，半年了都没给小茹买过一样贵重的礼物，小茹给他买了那么多，他都好意思一一收下了，他现在反咬一口说小茹物质？"小伙伴又吃惊又生气。

七七叹口气："像小茹这么美的姑娘，都经常遇到渣男，看来恋爱真是个不靠谱的东西，我都有点绝望了。"

"你说小茹那么漂亮，有气质家境又好，为什么总遇到奇奇怪怪的渣男？"小伙伴不解地问。

2

所以你看，爱情有时真的很公平，不管你长得美还是丑，你都会遇到失败的，让你绝望的爱情。

但又不得不说，爱情也很不公平，那些明明条件很好，外貌气质佳，性格善良，只求一份好爱情的人，却总是遇不到良人。被渣男害得遍体鳞伤，怀疑人生。

小茹之前交往过造型师，嘴甜帅气，却同时劈腿好几个女生。

也交往过开放幽默的外教，但性需求太过强烈，诸如例假期间也不放过小茹，毫无责任心。

有异地恋中撒谎成性的，还有监视小茹，不允许她跟异性交往的，甚至还有暴力倾向的……

交往之初，小茹对这些人都是赞赏有加，说他们多么温柔体贴，多么帅气阳光，对她多么言听计从，能够给她很多很多的爱，很多很多的安全感。可渐渐地，就不是那么回事了。

为什么小茹总是看走眼呢？

安全感的确是个好东西，当你没有的时候，就会乱要，误把别的东西当成安全感。

我曾听小茹说过，她小时候，父母工作很忙，无暇照顾她，只好把她送到外婆家。但父母对她很严苛，她考试考得很好，也不会表扬她，甚至会说："别以为你这样就很厉害，比你厉害的人多得是，你还要继续加油。"

小茹长大后，外表出众，追求者很多，妈妈却总是打压她："正经女孩才不会早恋！""长得好看有什么用，讨好男人吗？"……

总之，家里的气氛一直以来都很压抑，年纪越长，她越想反抗。大学里，爸妈终于管不到了，她交往的第一个男朋友，就是那种小混混。甜言蜜语，各种小花招把小茹追到了手，后来小茹却发现他其实已经有女朋友……

其实我常常觉得，小茹虽然长得很美，各方面都很好，但她内心却是自卑的，或者说是孤独的。用那句矫情的话来说就是，"她需要很多很多爱，来填满她的孤独"。

别人夸她长得美,她总会很自卑甚至不好意思地说:"哪有,我觉得自己长得很丑啊,太瘦了,不够白,胸也不够大……"一些完全不成立,听来让人咋舌的理由。

那些看上去很优秀,很美好的女孩,她们可能有着自卑的内心,缺乏安全感。这样的女孩会渴望很多的爱,来填补内心的空虚和孤独。

她们对爱的急切渴求,常常会让她们被一些假借爱情之名的人蒙蔽双眼,从而遭遇渣男。

3/

被对方的甜言蜜语哄骗,听信各种遥不可及的承诺,觉得那就是美好的爱情。殊不知,那不过是对方用言语构造出的一场虚幻。他对你说的甜言蜜语,转身就会说给别人听。

那个对你很好,却忽冷忽热的人,原来他有女朋友,可他就是不分手,还说最爱的人是你。你觉得他一直努力和你在一起,只是你不那么走运,没有早点遇到他。

那个恨不得一天24小时看着你,不让你跟异性接触,不然就对你大吼大叫的人,你一边害怕他,一边又觉得他一定是真的很爱自己,所以才会这么在意和紧张。

那个很贤惠总是亲自下厨给你做饭的男人,却从来不给你多花一分钱,他说"过日子就是这样啊,省着点花"。你一边觉得好辛苦,自己变得好土,一边又觉得他大概是真的在为两个人的未来规划……

因为缺爱,你会把他们一些显而易见的不合理行为,合理化为爱情、安全感。于是轻易就钻进了渣男为你设置的陷阱里。

4/

别爱太远的人,够不着,暖不到。
也别爱一个让你辛苦,还不开心的人。

你要做一个坚强的人,先学会爱自己。安全感这东西都是自己给自己的,爱情从来只是锦上添花,不要指望靠爱一个人,来填补你的世界。

冬天要来了,天气变冷,可再冷也不要随便爱一个人,也别轻易就被一个温暖的怀抱蛊惑。
别哭,天冷我又抱不到你,
你要好好爱自己。

前任的东西不扔了,难道留着复合吗?

对现女友最大的爱,就是当前任死了!

1/

问个问题:"分手后还留着前任的东西,正常吗?"

下午昏昏欲睡的时候,小伙伴在群里突然丢出这个问题,枯燥的周一顿时炸开了。

起因原来是姑娘的男朋友还用着前任送的钱包,每天都掏出来一用,姑娘心里愤愤不平:都分手了,前任的东西怎么还阴魂不散啊,你天天用着它,是不是还天天想着她?

死理性派小明一听这话,顿时发表了他的意见:

"分手后还留着前任的东西,怎么就不正常了?我现在还留着前任给买的刮胡刀呢,因为一直懒得买新的。"

此话一出,不少男生纷纷响应:一直用的东西就会留着啊,绝不是心里还有什么念想,就是用习惯了,用熟了,懒得换了。

2/

看着实用派男生们的讨论,我心里不禁感慨,你们真是不知道女生是多么可怕的生物!

有用又怎么样？我们会给你们买新的啊，为什么要一直用着前任买的？果断买买买，换换换！

对女生而言，这无疑也是一种"抢占领地"的行为。你人是我的，你用的东西也必须是我买的！前任的东西绝对不行，关系翻篇儿了，东西也要淘汰！

女生纷纷表示，分手了谁还留着前任的东西啊，早就扔了，这是对下一任的尊重。就算我心里偶尔还会想念前任，但东西一定会扔的，女生是感性的生物，绝对不会留着旧物触景生情，否则就是心里还爱着。

"就是啊，前任的东西不扔了，难道留着复合吗？"闺蜜小艾愤愤地说。

原来小艾就是经历过这种狗血剧情的人。

"和我在一起之前，那个女生嫌弃他工资少，抱怨他没给买贵的礼物，有点拜金的那种，后来就分手了。我男朋友难过了很久，感觉他都被洗脑了，他还真觉得是自己没有照顾好她，没让她过上想要的生活。

"后来，我们在一起了，听说那个女生也找了新男朋友，但对她并不好。偶尔会给她一些钱花，但感觉得出来，那个男生应该不是很在乎钱，也可以说不是很在乎她。

"可能是在有钱人那里尊严受到了伤害,她又反过来觉得还是我男朋友好,就想复合。女人何苦为难女人,当初是你不珍惜,不要他了,现在后悔了又要把他要回去?我当时非常生气!

"那个女生还一次次地在朋友圈多愁善感,晒出我男朋友以前送她的东西,睹物思人。还有事没事就找他帮忙,她是那种娇滴滴会撒娇的人,我男朋友对她一直有愧疚心,觉得之前没照顾好她。明明是她甩了他,我也不懂他愧疚什么!

"总之,后来他们复合了,是的,他不是我男朋友了,他是我前任!分手后我就把他送我的东西都扔了,微信好友也删了!"

可见分手后,切记一定要让现任删了前任的微信好友,留着就是个祸害!

我悠悠地说了一句:"留着啊,没准就复合了。"

小艾瞪了我一眼:"这种事情我绝对做不出来的,都分手了,前任的东西留着干吗?它就是现任关系的'重磅炸弹',对现女友最大的爱,就是当前任死了!"

3

我忽然想到小伙伴新年的时候还跟我说,我前任现在还留着我当初送他的照相机。

我心里一阵瑟瑟发抖,只好安慰自己,可能他就只是觉得,那相机用着顺手吧。

想了想,我自己其实也留着一些前任的东西,像刻章啦,明信片啦,出去旅游时带回的小物件啦……

我承认我是一个比较念旧的人,但我留着这些小东西,不是为了睹物思人,我会打包起来藏在抽屉的某个角落。我的想法很简单:不是舍不得扔,也不是心里还想着,对我来说它们只是一个印记,像是一种回忆的寄托。

就像分手了,我还偶尔会想起他,分手只是两个人不适合,不见得就是对方做了大错特错的事;我们无需去全盘否定这个人,连同那段感情。

过往的美好,总难免会偶尔想起。

我有原则,回忆是我一个人的,绝不会让那些东西被现任知道,那无疑是给双方添堵。

我们必须承认一件事:爱情是自私的、独占的。

你深爱着眼前这个人,并且不希望他心里还想着别人,那么,其实他也是。

所以好的现任,除了不再跟前任有任何瓜葛之外,最好也不要再用前任留下的东西。

在你的男女朋友发现之前,自行销毁。

假如没来得及,被对象发现了,也一定要当着他的面销毁,以示忠心。

外加一句:"我什么都不要,我有你就够了!"

我热情有限，你抓紧时间

> 不再思念，不再依靠。那些从他身上剥落下来的热情，被你一点点熨平，心如止水。

1/

读者小伙伴微信我说：

"乔乔，我最近跟男朋友大吵了一架，现在在冷战期，他一如既往地不来哄我，还说我幼稚任性，让我静静。仔细想想，是不是我太主动了，是不是我爱得太多，对这份感情投入太多？

"以前闹别扭，他都不会服软来找我的，都是我自己灰溜溜地卖萌耍贱，自己找台阶下。

"可是这一次，我有点累了，那些因为喜欢他而萌生的热情，突然就像烟花一样，冲上天，然后熄灭了。"

看着这个小伙伴的留言，我想起自己也曾经有过类似的经历。

都说主动久了会累，其实不是累，是热情在一点点熄灭，看不到希望。

喜欢一个人是掩饰不住的，你对他会比对旁人更热情、更主动，甚至毫无原则，因为他跟别人都不一样。一天到晚就是想腻着他，说没用的废话，缠着他，那时总是担心他不够喜欢自己，心里是没有安全感的。

患得患失，就难免会"作"，会想要通过一些试探来求证。

很简单的一条就是他惹你生气了，你希望他主动来找你、哄你，向你服软。

可是呢，他不会，他像个高傲的王子。

假装冷战的时候，其实内心很焦灼，万一他真的不来哄我怎么办？最后呢，很可笑的，都是自己捱不住三天，就跟猫咪一样找个借口去粘他。

慢慢地，他也就习以为常了。起初冷战讲和的时候，他还会表现出一些关心和在意。后来呢，后来就更加冷淡了，用一句"想通了，不闹了？"打发我。

其实内心是很难过的，可是因为心底里的那些喜欢，也就把尊严小心翼翼地收好。

直到有一次，我们又闹别扭，我生气地离开的时候，旁边人劝他赶紧哄哄我，他却对旁人说："没事的，她过两三天就好了。"

那一刻心是碎的。

我把之前交往的细节在脑海里回放了一遍，觉得自己真的好卑微，没有哭也没有很难过，就是瞬间想通了。

我没有像以前那样去找他，也没有表现得很难过，我只是回到了一个人，安静地生活。

那种状态就是，你可能还是喜欢他，但你心底里没有热情了，没有那团燃烧的小火苗了，它熄灭了。

可笑的是，一周后他一反常态，一次次主动来找我，说："你别闹了，这次时间这么久你还没消气吗？""我都主动来找你了，你还想怎样？"到后来他意识到我好像不是在生气，而是放弃了这段感情，他才说："我以前可能是对你关注不够，可我是真的喜欢你啊，我只是不会表达……"

不知道你们会不会有这种经历，一旦想明白了，此前对那个人产生的所有热情都熄灭后，一切也就归零了。

2/

看着他终于想起你的好，终于幡然悔悟要对你好一些，你心里越发难过，因为太迟了。你会忽然觉得之前那个热情满满的自己好可怜，那么那么爱他的时候，却没有被好好呵护。

但也只能到这里了。

你不会在经过早点摊的时候，给他多带一份；你不会再有事没事就给他发"在干吗，想我没"；你不会在看到喜欢的电影时，嚷着求着他陪你一起看；你不会在难过无助的时候，给他打电话……

你默默地一个人，度过了那段疗伤的时光。

不再思念，不再依靠。

那些从他身上剥落下来的热情，被你一点点熨平，心如止水。

所以后来啊，再遇到另一个人，他像是我的翻版——对我特别好。恋爱的时候百般呵护，把我捧在手心里，我想要什么，他都会尽全力满足，我不开心，他会一直一直哄……

我很珍惜，偶尔还会耍一点小性子，但很快就会用卖萌跟他和解。

那时我懂得，一个人因为喜欢你而心生的欢喜和热情，不是无限制的。相反，那些喜欢是有限的，甚至是有时效性的，你要抓紧时间，懂得珍惜。

以前看过一句话："不要以为对方喜欢你，你就可以无所顾忌，其实你只有一次狠狠伤害对方的机会。那一次之后，不是他的心变得更坚强，而是那份热情在一点点消散，他在一点点离开你。"

所以呀，亲爱的你，如果喜欢你的那个人，你觉得她烦、她太黏人、她情绪无常、她觉得你不在乎她、她抱怨你没抽时间陪伴她，不时跟你闹别扭、跟你冷战……别觉得她是在无理取闹，她是因为喜欢你，才计较你有没有爱她多一点。如果有一天，她不再计较，也不吵闹了，不是她变得更懂事，更体谅你，而是她在心里，渐渐放弃你了。

"我的热情有限哦，你要抓紧时间。"

别自作多情，你忘不掉的人早就忘了你

> 真的难以割舍，就不妨去见他一面，你会发现，所有你幻想的他的好、他的深情，都不过是你的自作多情。再见面，他的冷漠只会狠狠打你的脸。

1

小伙伴阿吉心怀忐忑地跟我说：

"乔乔，虽然过去几天了，但我要跟你说一个秘密，甜甜元旦那天居然主动给我发了新年快乐的消息哦！你说，她是不是想我了？我有没有可能跟她复合？"

看着阿吉的微信，说真的，我也有点意外。

甜甜之前不是信誓旦旦地说终于跟阿吉分手了吗？还为了躲避阿吉的纠缠，换了住的地方都不让我们告诉阿吉。

怎么过个元旦，又给阿吉希望了？

我赶紧去问甜甜："阿吉说你主动跟他道新年快乐，你干吗呢，想跟阿吉复合了？"

甜甜秒回我："我去，阿吉跟你说了？

"我就知道他误会了！

"我怎么那么手欠,群发什么鬼,还不小心发给了他。

"想撤回都来不及,撤回倒显得我心虚了,他秒回了我,然后还跟我扯了好多什么想我……"

甜甜开启了她的抱怨模式。

我脑海里不停盘旋的却是阿吉满怀希望的那句"她是不是想我了,我们有没有可能复合"。

这就是现实版的自作多情吧。

你最忘不掉的人,可能早就巴不得摆脱你,早就忘了你。

真是扎心。

2

人一旦动了感情,就会失去判断力,爱情这没道理的东西,让你情不自禁身陷其中,还满怀欣喜。

想起另一个小伙伴的事。

女生跟男生分手后,对男生还念念不忘。

女生每天醒来的第一件事,就是把男生所有的社交网看一遍。比如今天他朋友圈发了什么感慨,照片是一定不会放过的,就连男生分享的外卖红包链接也不放过,"他昨天凌晨点的外卖诶,分手之后,他过得这么不好……"

微博上就更是了,男生转一条关于情感的微博,她就会放大解读成"分手之后,他是不是终于开始反省了"?

某一天，女生兴冲冲地跑来跟我说："××最近突然开始关心起星座了，他今天转了一条微博，原博内容里就讲到我们两个星座很合，这是不是意味着，他想我了，想跟我复合？"

我不知道该如何回答她。

但我有一种不好的预感，通常当人们陷入甜蜜的爱情时，才会充满期待地寄希望于玄学占卜，从而预测自己跟喜欢的人，是否足够有缘分。

最后的最后，只能说我的第六感奇准。

不久，男生就在朋友圈公布了他的新恋情，女生跑到我这里哭诉："他之前不是还转发我们星座很合的微博吗，怎么转身就爱上了别人……"

我心想，可能啊，他转发的那条微博，并不是给你看的，更可能是给自己看。因为里面一定有，他和新女友很合的星座配对。

3/

所以经常有小伙伴问我，他们分手了，怎样才能复合呢？是不是主动一点，机会就大一点？

不是的。

如果那个很想复合的人是你，那么复合这件事就是他的意愿说了算，如果分手后他还对你表示出持续的关心和好奇，那就有戏。

如果分手后，他对你不闻不问，你发三条消息，他回一条，你约他都约不出来,那就趁早打消复合的念头吧。

人家唯恐避之不及,你就别自作多情了。

什么午夜发的无病呻吟,对过往情感的怀念;什么微博上转发星座的配对,还有什么爱情感悟的句子……这些通通都不作数。

你以为他忘不掉你,可能他的确还没忘,但在努力忘记,并且开始新生活。

更可怕的是,你以为他忘不掉过去,很可能,人家早就忘记了。

那句扎心的话是怎么说的?

真的难以割舍,就不妨去见他一面,你会发现,所有你幻想的有关他的好、他的深情,都不过是你的自作多情。再见面,他的冷漠只会狠狠打你的脸。

分手的人,就忘记。

难过了,就哭一场。

忘不掉,就偶尔想念。

但是亲爱的你,

不要委屈自己,

丢掉心事,重新开始,找回快乐的自己。